GOLLENSTEIN VERLAG

Christian Bauer

Klara Klühs und das rote Fahrrad

Ein Hiddensee-Krimi

g

Alle Figuren, Orte und auch die Handlung in diesem Krimi sind frei erfunden. Wenn die geneigten Leser aber glauben, einiges wiederzuentdecken, was sie kennen, dann ist das durchaus beabsichtigt. So existiert das „Godewind" in Vitte tatsächlich, ebenso gibt es auf Hiddensee ein blaues Haus, eine Bücherei und eine Mühle. Dennoch entsprechen diese Orte der Wirklichkeit nicht den fiktiven des Romans. Etwaige Übereinstimmungen sind jedenfalls reiner Zufall, dies gilt auch für Ähnlichkeiten mit realen Personen.

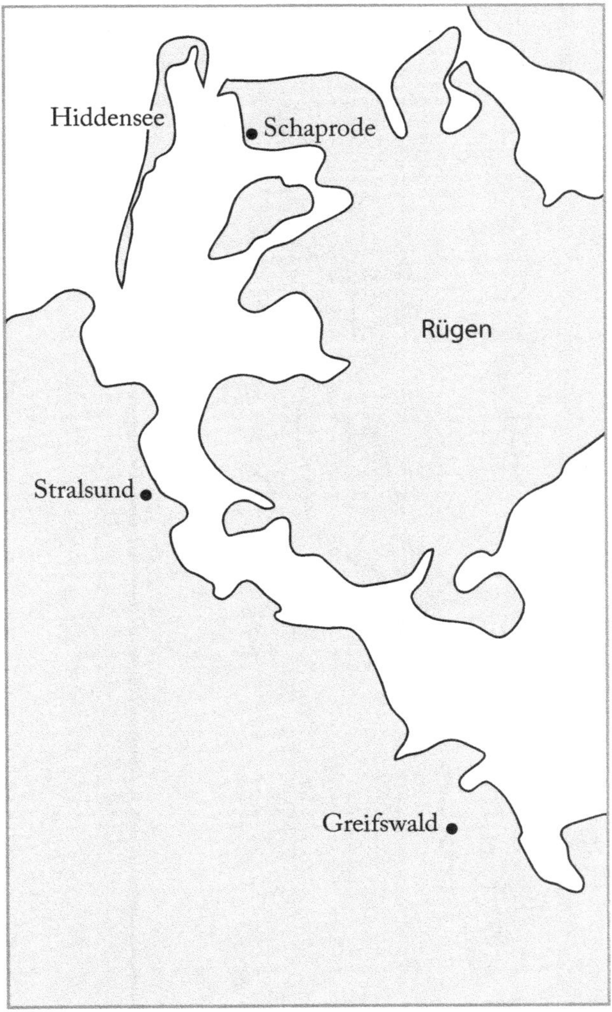
Hiddensee
Schaprode
Rügen
Stralsund
Greifswald

Für alle, die Hiddensee ebenso lieben wie der Autor

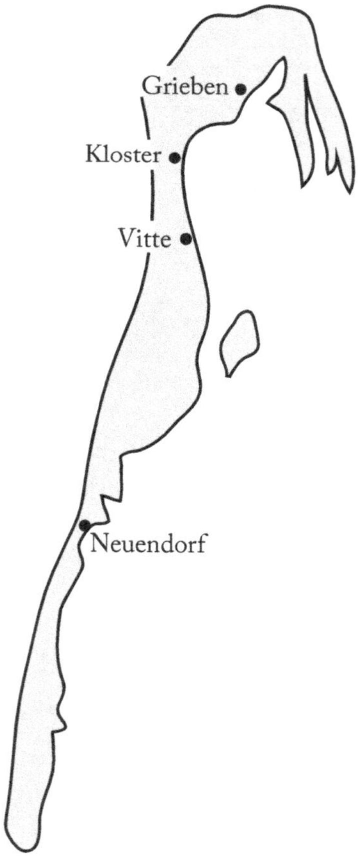

„Feierabend. Mensch, morgen ist Silvester. Macht, dass ihr ins Bett kommt.“ Gonzo meinte es ernst. Er wollte den Laden jetzt zumachen. Morgen Abend würden sie alle wieder am Tresen des *Godewind* stehen und saufen und saufen und saufen. War ja auch in Ordnung so. Nur schlafen sollte man vorher noch mal eine Runde. Also wurde Gonzo nachdrücklich, obwohl er sonst eher ein Gemütsmensch war: „So, Leute, raus jetzt, Gonzo muss schlafen.“ Gonzo war wirklich ein seltsamer Name, aber die Stammgäste im *Godewind* hatten sich daran gewöhnt, genauso wie an den Typen hinter dem Tresen. Denn der trug seinen Namen zu Recht. Wenn man einen der Gäste fragte, warum, dann kam selten eine spontane Antwort. Die wenigsten kannten die entsprechende Figur aus der Muppet Show. Aber irgendwie passte das: Gonzo! Das fand auch Dörte, die länger geblieben war als sonst. Dörte wohnte bei ihrer Tante. Sie hatte es nicht weit. Nur rund siebenhundert Meter in Richtung Kloster lag deren Haus vom *Godewind* entfernt. Aber auf Hiddensee rechnete man ohnehin nicht in gemessenen Entfernungen. Die waren hier allenfalls gefühlt. Die Insel konnte man mit einigermaßen sportlichem Ehrgeiz locker an einem

Tag umwandern. Wenn man dabei nur die offiziell zugänglichen Teile betrat, reichte sogar ein halber, denn fast die Hälfte der Insel war Vogelschutzgebiet und deshalb für Besucher gesperrt. Trotzdem setzten sich immer wieder Uneinsichtige über dieses Verbot hinweg. Meistens waren das aber keine Hiddenseer, und Dörte gehörte zu den Insulanern, die dafür überhaupt kein Verständnis aufbrachten.

„Och kommt, Leute, ich hab gesagt Feierabend." Gonzo musste gar nicht mehr besonders drängen. Seine Gäste hatten bereits alle bezahlt und sich in ihre dicken Winterjacken gepackt. Nur Dörte trödelte noch ein bisschen. Sie hatte absolut keine Lust, nach Hause zu fahren, was wohl auch daran lag, dass es ein wenig geschneit hatte, ein empfindlicher Wind pfiff und sie mit dem Fahrrad diesem entgegenfahren musste. Aber Dörte lebte jetzt seit dreiundzwanzig Jahren auf dieser Insel, also lange genug, um zu wissen, dass es vollkommen sinnlos war, auf besseres Wetter zu warten. Das würde Gonzo ohnehin nicht zulassen. Denn Gonzo war zwar als Gemütsmensch bekannt, aber sein Wort hatte Bestand, und wenn Gonzo sagte „Feierabend", dann war Feierabend. Also machte auch Dörte nur einen kurzen Versuch zu maulen und zwängte sich dann in ihre etwas eng gewordene Winterjacke. Ob die anderen schon was gemerkt hatten? Bislang hatte sie ihren wachsenden Bauch gut verbergen können. Sie war gerade mal Anfang des fünften Monats. Da sie sich lässig kleidete und sportlich aussah, konnten unbedarfte Beobachter nicht auf den ersten Blick erkennen, dass Dörte schwanger war. Und ihr Lebenswandel brachte ihre Umgebung ebenfalls nicht direkt darauf. Dörte hatte auch heute reichlich *Rostocker Pils* getrunken, das Bier, das die Einheimischen dem *Hiddenseer* durchaus vorzogen. Denn das sogenannte *Hiddenseer* – ein Werbegag – kam aus Leipzig. Und das lag nun wirklich nicht an der Ostsee.

Dörte wollte noch niemandem sagen, dass sie schwanger war. Sie war sich nicht einmal sicher, ob sie das Kind überhaupt wollte. Die Schwangerschaft hatte sie mit einem Schnelltest aus der Drogerie festgestellt und gleich nachgerechnet. Für einen legalen Schwangerschaftsabbruch war es zu spät. Zur Vorsorgeuntersuchung war sie aber bislang nicht gegangen. Sie wusste, dass dies dem ungeborenen Kind gegenüber ziemlich verantwortungslos war. Aber hatte nicht auch der Vater des Kindes verantwortungslos gehandelt? Warum meldete der sich nicht mehr? Er hatte es doch versprochen. „Wieso habe ich nicht mal seine Handynummer?“, dachte Dörte. Darum hatte er ein Geheimnis gemacht, das hatte sie irgendwie komisch gefunden. Aber die wenigen Male, die sie sich gesehen hatten, waren wunderbar gewesen. Sie hatten ihren geheimen Treffpunkt am Strand. Dort hatten sie sich getroffen, geliebt und danach neu verabredet. Doch beim letzten Mal hatte sie vergebens gewartet. Hatte er schon genug von ihr? Hatte sie mehr erwartet als er? Das passte doch gar nicht zu ihm. Er war so offen und liebevoll gewesen und hatte beim dritten Mal schon von einer gemeinsamen Zukunft gesprochen. Ihr war das fast zu schnell gegangen. Und dann hatte er sie einfach versetzt. Die letzte Fähre zurück nach Hiddensee war schon weg und sie hatte die ganze Nacht allein am Strand auf Rügen gesessen. Und jetzt? Was sollte sie alleine mit einem Kind? Egal. Dörte hatte beschlossen, so weiterzuleben, als hätte nichts ihr Pläne durchkreuzt. Sie hauchte Gonzo einen Kuss auf die Wange und sagte: „Bis gleich dann!" Denn Dörte würde auch die Silvesternacht im *Godewind* verbringen. Wo sonst?

Sie nahm ihr rotes Fahrrad, das sie an den weiß getünchten Bretterzaun des Lokals gelehnt hatte, und radelte los Richtung Kloster. Es war gar nicht so kalt, wie sie gedacht hatte, denn der Wind hatte sich gelegt. Sie bekam plötzlich Lust auf das Meer. An der alten flügellosen Windmühle, die sich eine neureiche Familie in den 50er Jahren des letzten Jahrhunderts als Feriendomizil hatte herrichten lassen, bog sie links ab und fuhr hinauf zum Deich, der die Insel vor Hochwasser schützte. Sie hatte beschlossen, einen kleinen Umweg zu nehmen. Der Weg am Wasser entlang war natürlich länger, aber er war auch schöner, und die Natur war einer der Gründe, warum Dörte immer noch auf der Insel lebte, obwohl in ihr manchmal ein Gefühl mitschwang, dass sie eigentlich nicht hierher gehörte. Der salzige Duft in der Nase bewies ihr jedes Mal das Gegenteil: Sie gehörte hierher. Und ihr ungeborenes Kind auch. Im neuen Jahr würde sie mit dem Trinken aufhören. Dass sie an diesem Abend an der Mühle links abbog, rettete ihr das Leben…

Klara war immer noch nicht fertig. Natürlich hatte sie eigentlich frei an Silvester. Aber es herrschte keine Ordnung in ihrer Inselbücherei. Und wenn Klara Klühs eines nicht leiden konnte, dann war es Unordnung in, zwischen und bei ihren Büchern. Seit zwei Jahren nun leitete sie die kleine Bücherei in Vitte. Doch was hieß „leitete"? Sie war die Chefin, die einzige Angestellte und noch dazu die große Freundin einer Kinderschar, die den kleinen Lesesaal zu ihrer zweiten Heimat erkoren hatte. Vielleicht auch zu ihrer ersten. Klara wusste das nicht so genau. Denn im Alltag war vielleicht für manche – die meisten der Kinder waren Mädchen – die Bücherinsel die wahre Heimat. Hier jedenfalls vermischten sich Träume mit der Wirklichkeit. Das war ein Grund, warum Klara sich für das Studium des Bibliothekswesens eingeschrieben hatte. Sie lebte selbst irgendwie zwischen den Realitäten. Sie war jetzt zweiunddreißig. Unter den Dorfbewohnern galt sie als leicht verschroben. Aber was machte das schon. Sie war Klara. Sie hatte ihren Weg gefunden. Hatte sie?

Eigentlich war die Arbeit in der kleinen Bücherei von Vitte nicht ihrer Ausbildung angemessen. Sie hatte in Berlin studiert. Erst spät hatte sie sich dazu entschieden, überhaupt zu studieren. Ihr Abitur war nicht glänzend gewesen. Und sie hatte auch nicht gewusst, was sie studieren sollte. Ihre Tante Hedda, bei der sie die letzten Jahre gelebt hatte, besaß einen kleinen Souvenirladen in Vitte, der Sanddorn-Produkte,

Postkarten und sonstigen Schnickschnack verkaufte. Und da die Tante kränkelte, hatte Klara oft im *Kökenfinster* gesessen und bei den Inselbesuchern die Ware an Mann und Frau gebracht. In der Hochsaison war das eine tagesfüllende Aufgabe gewesen. In der Nach- und Nebensaison verirrten sich weniger Touristen in den kleinen Laden und Klara konnte ihrer Leidenschaft nachgehen. Sie las und las und las. Querbeet alles, was ihr in die Hände fiel. Und irgendwann in einer publikumsarmen Stunde im *Kökenfinster* war ihr klar geworden, was sie wollte. Bücher waren ihr Leben. Wenige konnten wie sie Bücher lesen, ohne sie gleich in Schubladen einsortieren zu müssen. Aber sortieren wollte Klara Bücher trotzdem. Sie wollte sie zugänglich machen in ihrer bunten Vielfalt für jedermann. Und so begann sie mit bereits sechsundzwanzig ein Studium des Bibliothekswesens in Berlin. Von ihrer Ausbildung her hätte sie eine Stadt- oder eine Universitätsbibliothek leiten sollen. Aber dass das Leben in der Stadt auf Dauer nichts für sie war, hatte sie in Berlin schnell gemerkt und war dann auch an jedem Wochenende und in den Semesterferien zurück auf ihre Insel gekommen. Auch hatte die wissenschaftliche Literatur nicht die Faszination auf sie ausgeübt wie die fiktiven Welten der großen Romane und kleinen Geschichten. Und da Klara Hiddensee liebte, wuchs in ihr während des Studiums eine Idee. Sie wollte den Einheimischen auf Hiddensee einen Teil ihrer Leidenschaft weitergeben, wollte sie ebenfalls für die wunderbare Welt der Bücher begeistern. Ihre Insel, auf der es immerhin ein

Gerhard-Hauptmann-Haus gab, brauchte sie, und sie brauchte ihre Insel. Hier war sie glücklich, hier wollte sie alt werden.

Die kleine Inselbücherei gab es, solange sie denken konnte. Sie selbst hatte dort viele Stunden verbracht. Da ihre Leiterin just in dem Moment in den Ruhestand ging, als Klara ihr Studium beendete, brauchte sie nicht viel Überzeugungsarbeit zu leisten, um die schlecht bezahlte Stelle zu bekommen. Nun hatte Klara ein Zuhause inmitten von Büchern gefunden. In der Bücherei, zu der eine kleine Wohnung im Obergeschoss gehörte, konnten sich nicht nur Kinder in Fantasiewelten fliehen. Auch Klara saß manchmal nach Feierabend in dem gemütlichen blauen Lesesessel und träumte sich in andere Sphären. Die Einheimischen unterstellten ihr eine überbordende Fantasie. Und sie selber wusste, dass da was dran war. Aber Klara besaß dazu einen scharfen Verstand. Auch das war den Hiddenseern nicht verborgen geblieben. Darum begegneten sie Klara und ihrer Arbeit mit Respekt und Dankbarkeit. Klara und die Insel, das war für alle Beteiligten das Beste.

Klara legte das letzte falsch einsortierte Buch auf einen Stapel. Es war ein Krimi. Klara mochte besonders die alten Krimis von Patricia Highsmith, Dorothy Sayers oder Agatha Christie. Und am liebsten mochte sie Geschichten mit Ermittlerinnen, aber nur dann, wenn sie sich in ihren Methoden und Gedanken deutlich vom üblichen männlichen Krimipersonal unterschieden.

Manchmal träumte sie davon, selbst Mordfälle zu lösen. Sie fühlte sich dann ein bisschen als Miss Marple. Aber wer war dann Mr. Stringer? Für diese Rolle hätte sie schon jemanden gewusst. Sie musste lachen. Hatte sie sich wirklich gerade vorgestellt, sie würde wie Margaret Rutherford im Tweedkostüm an der Seite von Pastor Harmsen alias Mr. Stringer einen Mörder jagen? Die Leute hatten recht. Sie besaß wirklich Fantasie. Natürlich wäre sie auch optisch gut als etwas jüngere Miss Marple durchgegangen. Sie kleidete sich altmodisch und kaum ihrem Alter entsprechend. Außerdem besaß sie seit Jahren dieselbe John-Lennon-Nickelbrille. Nur zum Joggen trug sie Kontaktlinsen, denn sie hasste es, wenn Schweiß auf die Brillengläser tropfte. Doch jeder, der ihr sagte, sie sehe mit Linsen viel besser aus, erntete dafür einen bösen Blick. Allerdings einen aus sehr schönen dunkelgrünen Augen.

Klara seufzte. Heute würde sie die Unordnung in ihrer Bücherei nicht mehr beseitigen können. Der Kirchenchor hatte sich für achtzehn Uhr in der kleinen Kirche in Kloster verabredet und sie hatte Hilde Schlieker versprochen, ihr *Das Leben ist ein Kitschroman* von Sophie Benning mitzubringen, denn Hilde las liebend gern leichte Kost, das, was man heute so schön Neudeutsch Chick Lit nannte. Seitdem Hilde sämtliche von der Großmutter geerbten Romane von Hedwig Courths-Mahler, der Ur-Mutter des Chick Lits, gelesen hatte, löcherte sie Klara wöchentlich mit der Bitte, ihr „was Neues“ zu besorgen. Und obwohl Hildes Geschmack sich nicht mit dem Klaras deckte, gab diese sich alle Mühe, Bücher zu finden, die sie vom literarischen Standpunkt aus noch vertreten konnte. Und Sophie Benning hatte in Klaras Augen immerhin eine ganz witzige fish-out-of-water-Geschichte zu Papier gebracht. Klara hörte Hilde mit ihrer Sopranstimme schon beim Lesen giggeln. Sie selbst war eine von zwei Altstimmen. Die andere war Dörte. Deshalb durften weder sie noch Dörte fehlen oder zu spät kommen, sonst würde Pastor Harmsen nervös werden. Sie warf einen letzten Blick auf den Bücherstapel, der nach neuer Sortierung verlangte, griff das Buch, das sie für Hilde Schlieker bereitgelegt hatte, löschte das Licht und schloss den Eingang zur Bücherei zweimal ab. Wenn sie noch duschen und sich umziehen wollte, musste sie sich beeilen. Wo die Zeit nur immer blieb.

Klaas Harmsen war zufrieden. Die Predigt war fertig und er hatte noch drei Stunden bis zum Gottesdienst. Und es war eine gute Predigt, die er zum Jahresausklang geschrieben hatte. Er fühlte, dass ihm die richtige Mischung aus Ermahnung und Ermutigung gelungen war. Er war gespannt, was Klara sagen würde. Auf ihr Urteil gab er eine ganze Menge. Klaas Harmsen war jetzt seit zehn Jahren Pastor auf der Insel. Genauso lange kannte er Klara, die nicht nur im Kirchenchor für ihn eine tragende Rolle spielte. Auch er wusste, dass Klara einen scharfen Verstand besaß. Aber er fand sie nicht nur intellektuell höchst anziehend. Er fand sie in ihrem altmodischen Outfit richtig sexy, wenngleich er bei solchen Gedanken ein schlechtes Gewissen bekam. Er galt zwar nicht als Kind von Traurigkeit, beim Gemeindefest hatte er schon alle anderen mit Bier und Schnaps unter den Tisch getrunken, aber erotische Gedanken im Hinblick auf eines seiner Schäfchen ziemten sich eben nicht. Harmsen war verwitwet und kinderlos. Seine Frau war sehr jung an einer seltenen unheilbaren Erbkrankheit gestorben. Da hatte er zunächst mit Gott gehadert und danach die Einsamkeit der Insel gesucht und mit Hilfe seiner Kirchenleitung auch gefunden. Durch die intensive Trauerarbeit hatte er wieder eine positive Einstellung zum Leben gefunden, bei der Liebe, zumindest der erotischen, war er sich da aber nicht so sicher. Und für Klara fühlte er sich definitiv zu alt mit seinen sechsundvierzig Jahren. Er verscheuchte den Gedanken an sie aus seinem Kopf und ging aus dem Arbeitszimmer hinüber zur Küche, um sich einen Tee zu kochen. „Roibusch mit Sanddorn und Erdbeerstückchen“, stand auf der Packung, ein Geschenk von einer älteren Dame aus der Gemeinde. Harmsen lächelte. Sanddorn-Produkte waren ein echter Export-Schlager der Insel. Sanddorn-Tee, Sanddorn-Marmelade, Sanddorn-Likör und Sanddorn-Schnaps – ein grausames Gesöff, wie Harmsen fand – verkauften sich wie geschnitten Brot, wenn die Touristen die Insel überschwemmten. Insofern war auch die Einsamkeit der Insel relativ gewesen. Er hatte das nicht bedacht, seine Kirchenleitung wohl schon. Vielleicht hatte man sich in Greifswald gesagt: „Zuviel Einsamkeit ist gar nicht gut für den Harmsen."

Derzeit war es aber verhältnismäßig still auf der Insel, besonders in Kloster. Zwar kamen Touristen über den Jahreswechsel, aber die gehörten eher zu der ruhigeren Sorte. Und außerdem gab es keine Tagesgäste, die von Rügen aus an die Strände zwischen Kloster, Vitte und Neuendorf pilgerten und die Insel einnahmen wie Heuschrecken. Die sah man nur im Sommer. Von den Inselbesuchern, die länger blieben, verirrte sich so mancher auch zum Gottesdienst in Harmsens kleine Kirche, und das im Sommer wie im Winter. Die Kirche war ein letzter Überrest eines ehemaligen Zisterzienserklosters und konnte auf eine lange Geschichte zurückblicken. Auch heute würde sie gut besucht sein, das wusste Harmsen. Denn an Feiertagen und zum Jahreswechsel rafften sich viele Hiddenseer auf, um dem Pastor zu lauschen. Außerdem sang der Chor, der schon alleine auf zwanzig Stimmen kam.

Ein feste Burg ist unser Gott. Harmsen summte vor sich hin. Vor allem wenn er gut gelaunt war, summte er, meistens Choräle. Sogar beim Einkaufen. Manchmal schauten ihn die Hiddenseer deshalb belustigt an. Dann lächelte er und summte leiser, so leise, dass nur er selbst es noch hören konnte. Er freute sich auf seinen Chor, besonders auf Klara, und darauf, nach dem Gottesdienst mit den anderen im *Godewind* Silvester zu feiern. Er besuchte das Gasthaus nicht oft, er hatte genug Sozialkontakte durch seinen Beruf, aber zum Jahreswechsel machte er eine Ausnahme.

Klara fühlte sich wie neu. Sie hatte eine Viertelstunde unter der Dusche gestanden und jeden Tropfen aus ihrer neuen LED-Regendusche genossen. Im Grunde genommen lebte Klara bescheiden, aber diesen Luxus hatte sie sich gegönnt. Der künstliche Tropenregen hatte herrlich auf ihrer Haut geperlt und die sanften, wechselnden Farben der Leuchten sie in gute Stimmung versetzt. Beim Abtrocknen betrachtete sie ihren Körper. Der konnte sich durchaus sehen lassen. Dass sie mindestens zweimal in der Woche eine kleine Inselrunde lief, zahlte sich aus. Kein Gramm Fett an Po und Bauch, sie hätte durchaus figurbetonte, enganliegende Kleider tragen können, gefiel sich aber in Jeans und weiten Strickpullovern besser. Heute beschloss sie jedoch, einen wallenden Rock über ihrer Wollstrumpfhose zu tragen, denn in der Kirche würde es kalt sein, trotz Heizung. Sie dachte an Dörte. Zunächst hatte sie geglaubt, Dörte trinke einfach zu viel und das habe zu einem leichten Bauchansatz geführt. Doch dann war ihr der Verdacht gekommen, dass Dörte schwanger sein könnte. Denn die Wölbung sah aus wie ein kleiner verschluckter Ball. Und an den Seiten war Dörte schmal wie immer geblieben, und das, obwohl sie in letzter Zeit reichlich Bier trank, wie Klara festgestellt hatte. Wenn Dörte tatsächlich schwanger war, dann musste sie ihr wohl ins Gewissen reden, um das Baby vor Schaden zu bewahren. Dies wollte sie gleich im Anschluss an den Silvestergottesdienst tun. Denn Dörte war für Klara so etwas wie eine kleine Schwester.

Dörte war bei ihrer Tante aufgewachsen, einer resoluten, allein-, aber mitten im Leben stehenden Frau, die zudem die Grundschullehrerin der Insel war. Auch Klara war bei Renate Jensen in die Schule gegangen, und da sie damals schon gerne las, hatte die Lehrerin das Mädchen entsprechend gefördert. Klara war oft zu Besuch bei der Lehrerin, um Bücher auszuleihen, und eines Tages – Klara musste neun Jahre alt gewesen sein – hatte Renate Jensen ein Baby. Dabei war sie vorher nicht dick gewesen. Und so viel wusste Klara damals schon, dass Frauen dick wurden, bevor sie ein Baby bekamen. Aber Tante Renate, wie alle Kinder der Insel sie nannten, gab keine Erklärungen. Und auch Dörte, nachdem sie sprechen gelernt hatte, nannte die Lehrerin „Tante Renate“, womit die Verwandtschaftsverhältnisse hinreichend geklärt schienen. Klara hatte nie darüber nachgedacht. Warum auch? Die Inselgemeinschaft war eine große Familie, wer hier wohnte, gehörte dazu. Klara lebte ja selbst bei ihrer Tante Hedda, seit sie sechs Jahre alt war. Ihre Eltern waren bei einem Segeltörn in einen Sturm geraten und nicht zurückgekehrt. Insofern fand Klara es ganz normal, dass auch Dörte bei ihrer Tante wohnte, und hatte deshalb über die Jahre vergessen, dass Dörte als Baby doch sehr plötzlich in Renate Jensens Leben getreten war. Heute dachte sie merkwürdigerweise daran, vermutlich, weil sie sich sicher war, dass Dörte nun selbst ein Kind erwartete, ein Kind, von dem Klara auch nicht wusste, wo es auf einmal herkam. Sie war sich sicher, dass Renate Jensen davon wusste. Aber wenn, dann wollte Klara Dörte schon selbst darauf ansprechen. Komisch, dass Dörte bisher von sich aus nichts gesagt hatte. Seit der Pubertät war Dörte doch immer zu Klara gekommen, wenn es Neuigkeiten gab oder sie sich gar verliebt hatte. Und auch bei Streitereien mit Tante Renate war Klara die erste Adresse für Dörtes Sorgen und Nöte. So richtig Streit hatte es gegeben, als Dörte kurz vor dem Abitur die Schule geschmissen hatte. Sie war zwar nicht dumm, aber fürs Lernen hatte sie sich gar nicht mehr motivieren können. Und da der junge Marktleiter des örtlichen Supermarktes ein Auge auf Dörte geworfen hatte, gab er ihr einen Job. Den machte sie jetzt seit drei Jahren und Klara wusste, dass die Arbeit Dörte unterforderte. Aber Dörte hatte ihr gesagt, dass sie noch ein wenig Zeit brauche, um ihren Weg zu finden. Und da Klara Ähnliches erlebt hatte, konnte sie das auch verstehen. In letzter Zeit allerdings war Dörte verschlossener gewesen. Und stiller als sonst. Vermutlich wegen der Schwangerschaft. Klaras Entschluss stand. Gleich nach dem Gottesdienst würde sie Dörte beiseite nehmen und sie würden reden. Vielleicht könnten sie ihre Fahrräder ja schieben, auf dem Weg von Kloster nach Vitte.

Die Kirche füllte sich langsam mit Chormitgliedern. In allen Ecken wurde gesummt und verschiedene Stimmübungen waren zu hören. Knut Schlieker, der Inselpolizist, der einen wunderbaren Bass besaß, machte Rotationsübungen. Pastor Harmsen hatte ihm erklärt, dass der Musculus vocalis darauf besonders gut anspräche, was die Flexibilität und Geschmeidigkeit der Stimmlippen erhöhe. Allerdings wollte der Zungenrücken nicht immer so wie Knut Schlieker und produzierte mitunter drollige Töne. Eine Gruppe von Sängerinnen, allesamt aus dem Frauenkreis der Kirchengemeinde, machte Lockerungsübungen für die Lippen. „Blblblblblblbl" klang es vielstimmig aus ihrer Ecke und Klara wusste, dass sie da besser Abstand hielt, weil diese Übung für Zuhörer in unmittelbarer Nähe gerne mal feucht endete. Klara nickte Hilde Schlieker kurz zu und bedeutete ihr, dass sie an das Buch gedacht hatte. Hilde quittierte das mit einem freundlichen Lächeln.

Dörte war noch nicht da, aber die kam gerne ein bisschen später als alle anderen. Um neunzehn Uhr dreißig sollte der Gottesdienst beginnen. Der Chor hatte bewusst viel Zeit zum Einsingen mitgebracht, denn der Silvestergottesdienst war der wichtigste Auftritt im Jahr.

Pastor Harmsen kam auf Klara zu und begrüßte sie überschwänglich. „Eine Freude, dich zu sehen. Wir werden heute einen wunderschönen Gottesdienst feiern. Bin gespannt, was du zu meiner Predigt sagst. Aber sei ruhig ehrlich. Du weißt, ich will auf keinen Fall pastoral klingen und schon gar nicht belehrend." Der Taufengel aus dem 18. Jahrhundert schwebte im Raum über der Szene und schien ihr einen besonderen Segen zu geben. Alle in der Kirche wussten, dass Klara und Pastor Harmsen sich mochten. „Klaas", sagte Klara, „du bist nun mal Pastor. Rede einfach so, wie du bist. Dann glauben dir die Leute. Und wenn nicht, dann wird eben hinterher diskutiert. Du bist ja nicht unfehlbar, oder?" Klara lächelte. Sie kannte diese Seite an Klaas Harmsen. Er war ein guter Prediger, legte Worte und Gedanken oft auf die Goldwaage, hatte aber immer ein bisschen Furcht, missverstanden zu werden, weil er sich möglicherweise nicht klar genug ausdrückte. Insofern hielt ihn Klara für gut evangelisch, klar im Bekenntnis, aber immer im Ringen um noch mehr Genauigkeit. Auch sie hatte ja dieses Faible für Sprache und merkte sehr schnell, wenn jemand den richtigen Gedanken hatte, die passenden Worte dafür aber nicht fand. Daran konnte sie richtig leiden.

„Weißt du, wo Dörte bleibt?" Pastor Harmsen blickte Klara fragend an.

„Die wird schon kommen", rief Knut Schlieker von hinten. Offenbar hatte er zugehört. Das ganze Gespräch? „Die war gestern noch im *Godewind* und ist eine der letzten gewesen. Wahrscheinlich kommt sie wieder auf den letzten Drücker."

Um neunzehn Uhr fehlte Dörte immer noch und Pastor Harmsen wurde unruhig. Klara hatte mittlerweile zweimal versucht, sie auf dem Handy zu erreichen. Doch alle wussten, dass Dörte ihr Handy selten bei sich trug. Meistens hatte sie es irgendwo abgelegt und fand es erst Stunden, manchmal sogar Tage später wieder.

Auch zu Beginn des Gottesdienstes war Dörte nicht da und die Unruhe bei Klara, Pastor Harmsen und den anderen wuchs. Denn Dörte mochte zwar unpünktlich sein, aber unzuverlässig war sie nicht. Pastor Harmsen spielte kurz mit dem Gedanken, den Gottesdienst abzublasen und nach Dörte zu suchen, aber Knut Schlieker verwies darauf, dass es vermutlich eine ganz normale Erklärung für Dörtes Fernbleiben gebe. „Das wird sich schon klären", sagte er. „Und die meisten Sorgen macht man sich umsonst." Hilde Schlieker nickte eifrig. Ihr Mann musste es schließlich wissen.

Also begann der Gottesdienst. Die Predigt fand Anklang, aber dennoch lag ein beklemmendes Gefühl über der versammelten Gemeinde und der Chor klang verunsichert.

Auch als sich ein Teil der Gemeinde nach dem Gottesdienst im *Godewind* wiederfand, fehlte Dörte. Klara war kurz bei Dörte zu Hause vorbeigefahren. Aber die Tür war verschlossen und niemand öffnete. Tante Renate hatte wie jedes Silvester zu ihrer Schwester nach Rügen übergesetzt, wo sie die Nacht und den Neujahrstag verbringen wollte. Dörte blieb verschwunden. Im *Godewind* wollte deshalb auch keine Stimmung aufkommen. Nun machte sich selbst Knut Schlieker Sorgen. Um zweiundzwanzig Uhr beschloss er: „Leute, wir müssen Dörte suchen. Keine Panik, aber vielleicht ist ja wirklich was passiert."

„Kann doch sein, dass sie mit ihrer Tante nach Rügen ist. Oder sie feiert heute mal in Stralsund. Sie ist doch jung. Und vielleicht hat sie den Gottesdienst einfach vergessen?" Gonzo wollte keine Probleme und suchte nach einer Erklärung, die es ihnen erlaubte, in nicht noch größere Unruhe zu geraten. Doch Birthe Hübner von der Reederei erklärte, sie habe die letzten beiden Tage am Fahrkartenschalter gesessen und Renate Jensen habe heute Morgen die Insel alleine verlassen, ohne Dörte.

„Dann hilft's nichts", sagte Knut Schlieker. „Wir müssen sie suchen."

Klara hatte mittlerweile noch einige Male versucht, Dörte telefonisch zu erreichen. Vergeblich.

Die im *Godewind* Versammelten teilten sich in vier Gruppen auf und wollten die möglichen Wege von Vitte nach Kloster abgehen. Vielleicht war Dörte ja mit dem Fahrrad gestürzt und hatte sich verletzt. So brach ein bunt zusammengewürfelter Trupp auf, um nach der Vermissten zu suchen. Klara und Pastor Harmsen gingen gemeinsam mit dem Ehepaar Hübner. Piet Hübner war Kapitän bei der Reederei und ein stiller, verschlossener Typ, der nur redete, wenn er gefragt wurde. Fast schien es, als seien ihm Worte lästig. Vor der Tür des *Godewind* bemerkte Klara, dass die Temperatur zurückgegangen war. Leichter Schnee rieselte aus den Wolken und Klara zog ihre Steppjacke enger um den Körper und den Schal so hoch, dass er auch den Mund bedeckte. Dann stapfte die Gruppe los. Sie hatten den westlichen Weg durch die Dünen übernommen und bogen deshalb an der ehemaligen Windmühle links ab.

„In der Mühle wohnen neue Leute", sagte Birthe Hübner plötzlich. Klara hatte schon davon gehört und auch Pastor Harmsen wusste Bescheid. „Ja, aber offensichtlich sind die nicht evangelisch. Jedenfalls kam kein Bescheid vom Einwohnermeldeamt. Und soweit ich weiß, wohnt das Paar schon ein knappes Vierteljahr hier."

„Ich habe sie mal beim Einkaufen getroffen. Und ihn beim Spaziergang am Strand mit einem Collie." Klara drückte mit ihrem Zeigefinger die Nickelbrille zurück auf ihre Nase. Die Brille verrutschte ständig. Klara störte das nicht weiter. Sie hatte keine Lust, deswegen alle naselang zum Optiker zu laufen.

Der kleine Suchtrupp stieg die Treppen zum Deich hinauf und bog dann rechts ab, Richtung Kloster. Hier war es jetzt richtig finster, und Piet Hübner schaltete seine Taschenlampe an, eine Nitecore Cobra, mit der man bis zu 220 Meter weit leuchten konnte. „Wie lange leuchtet die?", fragte Pastor Harmsen interessiert.

„Stärkste Leistung 860 Lumen, 90 Minuten", antwortete Hübner knapp.

„Das sollte reichen", bemerkte Klara. „Dann können wir auch den Strand ableuchten."

Es war windstill. Und das war angenehm, denn auf dem Deich konnte es im Winter ganz schön ungemütlich werden, wenn man dem Wind schutzlos ausgesetzt war. So aber fielen die Schneeflocken sanft zu Boden, als die kleine Gruppe ihren Weg fortsetzte. Hin und wieder leuchtete Hübner in einen Sanddornbusch, damit sie nichts übersahen, dann wieder über den Strand, der einsam und verlassen dalag, was knapp zwei Stunden vor Mitternacht auch zu erwarten war. An einer kleinen Biegung auf halber Strecke zwischen Vitte und Kloster brummte Hübner plötzlich: „Da is was." Er deutete mit seiner Lampe in Richtung einer Reihe von Pfählen, die in zwei parallelen Reihen am Strand eingeschlagen waren und bis weit ins Meer reichten. „Dahinten am Ende der Buhnen." Hübner leuchtete jetzt gezielt mit einem Schwenk die Reihe der Buhnen bis zu ihrem Ende ab, um dann weiter landeinwärts an einem Punkt auf dem Sand zu verharren.

„Scheiße", entfuhr es Klara und sie stürzte los. Sie hatte Dörtes rotes Fahrrad sofort erkannt. Es lag abseits des Weges, sodass es Spaziergängern nicht gleich auffallen musste. Im Fahrradkorb lagen die Noten für den Auftritt des Chors. Dörte war also unterwegs nach Kloster zum Gottesdienst gewesen. Was war passiert? Piet Hübner hatte mittlerweile zu Klara aufgeschlossen und suchte den Boden im Umkreis ab. Von Dörte keine Spur. Klara und der Pastor blickten sich an. Der Fund des Fahrrads verhieß nichts Gutes. Harmsen holte sein Handy aus der dicken Winterjacke und wählte die Nummer von Knut Schlieker, der mit einem anderen Suchtrupp unterwegs war. Der Polizist war mittlerweile in Kloster angekommen, ohne dass er und seine Begleiter eine Spur von Dörte entdeckt hätten. Er bat Harmsen und die anderen, nichts anzufassen. Er würde sich sofort auf den Weg machen. Der Pastor wählte zwei weitere Male, um die Suchergebnisse der anderen abzufragen. Auch hier: keine Spur von Dörte. Man verabredete sich für später im *Godewind*. Nach Hause gehen wollte keiner. Zu aufgewühlt waren alle. Dörte, das ahnte jetzt jeder, war offenbar nicht freiwillig verschwunden.

Knut Schlieker musste Teile der Strecke gerannt sein, so schnell war er vor Ort. Er war völlig außer Atem. Sport lag dem Polizeihauptkommissar nicht besonders, aber wenn es sein musste, konnte er auf kurzen Wegen durchaus schnell sein. Einmal hatte er einen Fahrraddieb mit einem Spurt gestellt und zu Fall gebracht. Das war zwar schon mehr als zehn Jahre her, er erzählte die Geschichte aber immer noch gerne. Schlieker besaß ebenfalls eine Nitecore Cobra, offenbar ein Fetisch für Menschen, die beruflichen Weitblick auch im Dunkeln benötigten. Er leuchtete den Boden um das Fahrrad herum ab.

„Da sind Fußabdrücke“, stellte er fest. Der Sand war leicht angefroren. „Gut, dass ihr hier nicht überall herumgetrampelt seid.“

„Knut, wir lesen auch Krimis", sagte Pastor Harmsen.

„Aber das scheinen keine Abdrücke von Dörtes Schuhen zu sein. Die sind ja viel zu groß." Das war Klara sofort aufgefallen. Und noch etwas hatte Klara gesehen: Es waren nur Abdrücke von einem Paar Schuhe zu sehen, also keine, die zu Dörte gehören konnten.

„Das macht es ja so interessant", antwortete Schlieker. „Ich vermute, ein Unbekannter hat Dörtes Fahrrad hier abgelegt. Dörte selbst war gar nicht an dieser Stelle."

Klara Klühs lief es kalt den Rücken runter. Die Mienen von Pastor Harmsen und den beiden Hübners wurden immer ernster.

„Hilft alles nichts", übernahm Schlieker das Kommando. „Bevor Wind und Schnee alle Spuren verwischen, müssen wir so viel wie möglich sichern." Er bat die anderen, Stöcke zu sammeln, damit er den Fundort mit Flatterband absperren konnte. Davon führte er immer eine Rolle in seiner Einsatztasche mit sich. Dann machte er Fotos der Schuhabdrücke und rief in Stralsund an. Die Kollegen dort waren wenig begeistert davon, an Silvester, so kurz vor Mitternacht, mit der Spurensicherung ausrücken zu müssen, wo es sich doch nur um ein gefundenes Fahrrad handelte. Aber Schlieker bestand auf dem Einsatz und machte deutlich, dass er von einem Gewaltverbrechen ausging. Das Wort „Gewaltverbrechen" ließ seine Begleiter erschauern, obwohl auch sie schon längst keine andere Erklärung mehr hatten. Gute neunzig Minuten würde es dauern, bis die Spurensicherung eintraf. Schlieker beschrieb genau den Fundort, dann beendete er das Gespräch. Die anderen bat er, zurück zum *Godewind* zu gehen. Er alleine würde die Fundstelle bewachen, bis die Stralsunder Kollegen vor Ort seien. Klara Klühs wollte zwar spontan widersprechen, sah aber ein, dass Schlieker gute Gründe für diese Bitte hatte. Wenn es noch Spuren zu sichern gab, dann mussten sie das den Profis überlassen.

Im *Godewind* war die Stimmung gedrückt. Die anderen drei Suchtrupps hatten keine Spur von Dörte gefunden. Sie hatten auch abseits der Wege gesucht, so gut das in der Nacht eben ging. Die Kunde vom gefundenen Fahrrad hatte sie dann in helle Aufregung versetzt. Nun saßen alle an mehreren Tischen beieinander und spekulierten, was wohl geschehen sein könnte. An einen guten Ausgang der Geschichte glaubte keiner mehr. Als um Mitternacht draußen die Silvesterraketen in den Himmel schossen, brachte Gonzo eine Runde Wacholderschnaps aufs Haus. „Prost Neujahr“, sagte er ernst und setzte sich an den Tisch zu Klara, Pastor Harmsen, den Hübners und einigen anderen Insulanern. Nur Hilde Schlieker war nach Hause gegangen und hatte ihrem Mann eine weitere Jacke zum Fundort des Fahrrads gebracht. Sie sorgte sich immer, ihr Knut könnte sich erkälten.

„Sie werden Dörte finden“, sagte Klara plötzlich. „Morgen.“

„Ja." Der Pastor sah Klara an. Ihre Augen wurden feucht. Beide hatten Angst vor dem Moment, wenn Knut Schlieker mit der schlechten Nachricht kommen würde.

„Gehen wir ins Bett", schlug Klaas Harmsen gegen zwei Uhr vor. „Hier zu sitzen macht uns alle nur wahnsinnig, und tun können wir heute Nacht auch nichts mehr."

So brach die Gesellschaft auf, und Pastor Harmsen begleitete Klara noch bis zu ihrer Wohnung, die sie über eine kleine Seitentreppe erreichten. Man konnte auch durch die Bücherei in die Wohnung gelangen, aber Klara fand es praktisch, dass ihre Wohnung noch einen privaten Zugang besaß.

„Willst du heute bei mir schlafen, Klaas? Ich habe ein Gästebett."

Pastor Harmsen grübelte kurz. Er verstand, dass Klara jetzt nicht alleine sein wollte. Aber er wusste auch, wie schnell man auf der Insel zum Gesprächsstoff wurde. Er lächelte kurz und schüttelte den Kopf. Dann küsste er Klara zum Abschied auf die Wange, schwang sich auf sein Fahrrad und radelte Richtung Kloster. Auf halbem Weg sah er, dass am Deichweg im Westen der Himmel erleuchtet war. Vermutlich hatte die Spurensicherung hier große Scheinwerfer aufgebaut und ging nun ihrer Arbeit nach. Pastor Harmsen trat fester in die Pedale. Kurz vor Kloster begann er zu summen, natürlich einen Choral: *O Traurigkeit, o Herzeleid.*

Als Klara am nächsten Morgen aufwachte, brauchte sie ein paar Minuten, bis ihr klar war, dass sie die gestrigen Ereignisse nicht geträumt hatte. Sie dachte an Renate Jensen, die auf Rügen wohl von Dörtes Verschwinden noch nichts erfahren hatte. Oder vielleicht doch? Hatte Tante Renate in der Silvesternacht womöglich auf einen Anruf von Dörte gewartet? Klara verwarf diese Idee. In der Silvesternacht waren die Mobilfunknetze auf beiden Inseln hoffnungslos überlastet, und wie sie Dörte und Renate Jensen kannte, hatten beide vereinbart, sich den Versuch eines Telefonats zu schenken. Klara stand auf, gönnte sich eine kurze Morgentoilette und schlüpfte dann in ihre Cordjeans und einen handgestrickten ockerfarbenen Wollpullover. Eigentlich hatte sie vorgehabt, das neue Jahr joggend mit einer Inselrunde zu begrüßen. Aber die Erinnerung an die vergangene Nacht und der anhaltende Schneefall sorgten dafür, dass sie diese Idee schnell fallen ließ. Als sie in ihren Moonboots vor die Türe trat, war es noch dunkel. Vitte schien so friedlich, doch vom Hafen her drangen laute Geräusche an ihr Ohr. Sie beschloss, das Schneeräumen auf später zu verschieben, und lief zum Hafen. Fünf Einsatzwagen der Stralsunder Polizei fuhren gerade von der Fähre auf die sonst fast komplett autofreie Insel.

Knut Schlieker war natürlich motorisiert, der Arzt Jasper Wolter auch, Feuerwehrauto und Schulbus gab es und ein paar Versorger hatten eine Sondergenehmigung. Ein gutes Dutzend Fahrzeuge waren auf der Insel zugelassen. Ansonsten fuhren die Bewohner mit Kutsche oder Fahrrad. Für Inselverhältnisse kam die Polizei nun mit einem Großaufgebot. Klara sah, wie Knut Schlieker seine Kollegen begrüßte. Die Suche nach Dörte Jensen würde jetzt beginnen. Als Schlieker Klara sah, winkte er ihr kurz zu und bedeutete ihr, sie möge auf ihn warten. Er wechselte noch ein paar Worte mit seinen Kollegen, dann setzte sich der Tross in Bewegung. Schlieker umrundete das halbe Hafenbecken, um zu Klara zu gelangen. „Trinken wir einen Kaffee?“, begrüßte er sie.

Obwohl es erst acht Uhr war, hatte das kleine Hafencafé bereits geöffnet. Im Winter lohnte sich das zwar kaum, aber zu Neujahr waren doch einige Touristen auf der Insel, die die winterliche Ruhe und die Natur der Insel schätzten. Von ihnen war aber offenbar noch niemand unterwegs. Klara und Knut Schlieker waren die einzigen Gäste im Café.

„Wenn Dörte auf der Insel ist, dann werden wir sie heute finden“, brummte Schlieker.

„Du meinst, sie könnte auch entführt worden sein?“ Klara war dieser Gedanke noch gar nicht gekommen.

„Unwahrscheinlich, aber möglich“, sagte der Polizist. „Die See ist nicht zugefroren. Da kann jeder mit dem Boot auf der Insel anlegen und auch wieder abhauen, ohne dass wir das mitkriegen.“

„Aber dann hätte sich Dörte doch bestimmt gewehrt und irgendjemand hätte etwas bemerkt. Sie ist ja offensichtlich auf dem Weg zur Kirche verschwunden. Das war also vor neunzehn Uhr.“

„Ich weiß", seufzte Schlieker. „Aber eine Entführung könnte bedeuten, dass Dörte noch lebt."

Klaras Augen wurden schon wieder feucht. Sie riss sich zusammen. „Was wirst du jetzt tun?" Sie blickte den Polizisten an.

„Ich lasse die Spezialisten suchen. Die haben vier gut trainierte Hunde dabei. Und dann befrage ich die Touristen in den Hotels, ob ihnen beim Spazierengehen irgendetwas aufgefallen ist. Und alle Hiddenseer Haushalte, auch die in Neuendorf, bekommen einen Rundbrief mit der Bitte, sich zu melden, wenn jemand eine Idee oder einen Verdacht oder sonst einen sachdienlichen Hinweis hat. Ich habe vor einer Stunde schon mit Klaas telefoniert. Er organisiert, dass die Konfirmanden den Brief verteilen. Und ein paar Damen aus dem Frauenkreis und einige Chormitglieder will er auch fragen. Unsere Insel ist ja überschaubar. Ich hätte nie gedacht, dass wir hier mal so einen Fall haben werden." Wieder seufzte der Polizist, der es offenbar lieber ruhig und friedlich hatte.

„Hattest du schon Kontakt zu Tante Renate?" Klara wusste auch nicht warum, aber anders konnte sie Renate Jensen einfach nicht nennen.

„Nein, was sollte ich ihr auch sagen? Ich nehme an, sie wird wie üblich mit der letzten Fähre heute kommen. Wir sollten sie hier in Empfang nehmen."

„Und wenn sie es dann auf der Fahrt hört?" Klara dachte kurz nach. „Nein, je nach Lage der Dinge werde ich das vorletzte Schiff nach Schaprode nehmen und Tante Renate dort abpassen."

Somit gab es einen Plan. Der Polizist bezahlte die beiden Kaffee und stand auf. „Wenn es Neuigkeiten gibt, rufe ich dich und Pastor Harmsen an." Damit ging er hinaus.

Klara saß noch eine ganze Weile in dem kleinen Hafencafé und dachte nach. Dann griff sie nach ihrem Handy und wählte die Nummer von Klaas Harmsen.

„Klara, ich wollte dich auch gerade anrufen", meldete der sich sogleich.

„Ich habe Angst", sagte Klara.

„Ich auch", antwortete der Pastor. „Ich muss noch die Austräger von Knuts Rundbrief organisieren, dann komme ich nach Vitte. Willst du mit mir zu Mittag essen?"

„Ich weiß nicht, ob ich was runterkriege." Klara wurde bewusst, dass sie außer einem schwarzen Kaffee noch nichts im Magen hatte, aber auch kein Bedürfnis verspürte, das zu ändern.

„Wir werden sehen", sagte Klaas Harmsen mild. Dann legte er auf.

Klara beschloss, einen Spaziergang zu machen. Sie wollte noch einmal den Weg entlanglaufen, den sie am Vorabend gemeinsam mit dem Pastor und den Hübners auf der Suche nach Dörte gegangen war. Sie kuschelte sich in ihre Steppjacke, ein Modell, das im Vergleich zu ihrer sonstigen Kleidung geradezu hochmodisch war, wickelte den dazu nicht passenden Schal um den Hals und stapfte in Richtung der alten Windmühle. Dort bog sie ab, um zum Deich zu gelangen. Auf dem Deichweg ging sie langsam. Mittlerweile war es hell und die

Sonne schien freundlich auf die Insel. Klaras Augen suchten rechts und links des Wegs nach Hinweisen. Sie versuchte, die gesamte Umgebung systematisch zu scannen. Vermutlich hatte die Spurensicherung das auch schon getan, aber vielleicht würde sie ja ein Detail entdecken, das die anderen nicht zweifelsfrei mit Dörte in Verbindung bringen konnten. Sie war nur noch gut fünfzig Meter von der Fundstelle des Fahrrads entfernt, da sah sie es: In einem Sanddornstrauch glänzte es silbrig. Und Klara wusste sofort, was da glänzte. Es war eine handgearbeitete Haarspange, die Dörte von einer Klassenfahrt nach Bayrischzell mitgebracht und seitdem regelmäßig getragen hatte, um ihren störrischen Haaren Ordnung aufzuzwingen.

„Klara, was gibt's?" Knut Schlieker meldete sich sofort.

„Ich hab was gefunden", schluchzte Klara. „Wo bist du?"

„Da, wo wir das Fahrrad gefunden haben. Sag mal, sehe ich dich dahinten nicht?"

Klara winkte und der Polizist winkte zurück.

„Ich komme", sagte er nur und legte auf. Eine Minute später war er bei ihr. Klara deutete auf die Haarspange und auch Schlieker erkannte sie sofort. „Scheiße", entfuhr es ihm, denn der Fund war ein weiterer Hinweis auf das vermutete Verbrechen. In diesem Moment zischte es, und eine Leuchtrakete stieg unweit von ihnen in den Himmel und explodierte. Klara sah Schlieker fragend an.

„Sie haben sie gefunden."

Klara wollte sofort los, aber der Polizist hielt sie zurück.

„Klara, das hier ist wichtig." Er deutete auf die Haarspange. „Ich hole die Kollegen." Die Spurensicherung war immer noch am Fundort des Fahrrads beschäftigt. Schlieker joggte die fünfzig Meter und kam keine zwei Minuten später mit einem Mann in einem weißen Tyvek-Anzug zurück. Der schaute missmutig auf Klara.

„Ah, ja", stammelte Schlieker. „Das ist Klara Klühs. Leitet unsere Bibliothek, äh, also Bücherei. Und sie hat was entdeckt." Schlieker deutete auf die Haarspange und der Spurensicherer ließ diese in einem Plastikbeutel verschwinden. Dann bat er Schlieker und Klara, Abstand zu halten. Vielleicht würden sich hier ja weitere Hinweise finden. Schlieker blickte auf Klara. „Weißt du, ich glaube, hier hat der Täter Dörte vom Fahrrad gerissen. Wahrscheinlich hat er ihr hinter dem Busch aufgelauert. Jetzt lass uns schauen, wo sie Dörte gefunden haben." Er legte einen Arm um Klara und sie gingen gemeinsam los. Die Leuchtrakete war nicht weit von ihnen gezündet worden. Und das Bellen der Hunde signalisierte, dass sie nur eine kurze Strecke zu laufen hatten. Klara bekam Gänsehaut.

Dörte lag im Sand, etwa fünfhundert Meter vom Fundort des Fahrrads entfernt. Ihr Mörder, oder die

Mörderin, hatte sie dort notdürftig verscharrt. Klara fragte sich, ob sie Dörte vielleicht schon in der Silvesternacht gefunden hätten, wenn sie den Weg nach Kloster weitergegangen wären, aber der Hundeführer erklärte: „Hektor hat angeschlagen und gegraben. Der Boden ist hier weich. Die Leiche lag vierzig Zentimeter unter der Erde. Wahrscheinlich hat der Mörder gehofft, dass das Meer den Rest erledigt."

Die Tote sah furchtbar aus und Klara begriff gar nicht, dass sie die Leiche so emotionslos betrachten konnte. Dörte war doch wie eine kleine Schwester für sie gewesen. Dennoch hatte Klara das Gefühl, sie müsse das Bild, das sich ihr bot, mit allen Details aufnehmen, um nichts zu übersehen. Dörte war erdrosselt worden, das war eindeutig. Ihr Gesicht war geschwollen und die Zunge klemmte zwischen ihren Zähnen. Der Schal um Dörtes Hals war Klara sofort aufgefallen. Ein Kaschmirschal, rosarot, und darin eingewebt ein Wappen. Ein Pfau thronte auf einer Weltkugel. Klara hatte ein solches Bild noch nie gesehen. Trotzdem hatte sie das Gefühl, etwas wiederzuerkennen.

„Klara?" Pastor Harmsen war von hinten herangetreten. „Hast du schon einen Verdacht?" Klara schüttelte den Kopf. Aber eines war ihr klar: Sie würde nicht lockerlassen, bis der Mörder von Dörte gefasst war. Sie sah dem Pastor tief in die Augen. „Bist du bei mir?", fragte sie.

„Bis dass der Tod uns scheidet." Pastor Harmsen lächelte und dann mussten beide lachen, ein Lachen, das die traurige Situation für einen kurzen Moment überwand.

„Seltsames Motiv. Ein Pfau auf einer Weltkugel." Klara blickte Klaas Harmsen an. „Kennst du das?"

„Habe ich so noch nie gesehen. Aber der Pfau ist ein Symbol für Herrschertum und Schönheit. Und außerdem ist er das Lieblingstier der Göttin Hera."

„Griechische Mythologie", grübelte Klara.

„Vielleicht lässt sich das Wappen ja googeln?" Harmsen holte sein Smartphone aus der Tasche und versuchte, den Browser zu öffnen. „Mist, mal wieder kein Netz. Hiddensee ist an manchen Stellen echt eine Netzwüste. Tal der Ahnungslosen reloaded."

„Wir können nachher mit dem Büchereirechner suchen", schlug Klara vor. „Lass uns gehen."

Sie nickten Knut Schlieker zu, der seine Hand mit gespreiztem Daumen und kleinem Finger ans Ohr hielt und so signalisierte, dass man in Kontakt bleiben würde. Die professionelle Maschinerie der Ermittlungen würde jetzt anlaufen, und Klara wollte dabei nicht im Weg stehen. Sie musste sich vorbereiten auf die Begegnung mit Renate Jensen am Abend. Vorher wollte sie aber unbedingt noch versuchen, das Rätsel des Wappens zu lösen.

Im Lesesaal fielen Klara sofort wieder die Bücher ins Auge, die noch aufgeräumt werden mussten. Sie unterdrückte den Impuls, sogleich damit zu beginnen, und fuhr den Rechner hoch, ein Modell, das schon einige Jahre in Betrieb und nicht sonderlich schnell war, für ihre Belange aber völlig ausreichte, wie sie fand. Nur bei der Internet-Recherche nervte das Ding. Pastor Harmsen dagegen war computertechnisch auf dem neuesten Stand und verblüffte Klara und seine Gemeinde immer wieder mit seinen Kenntnissen.

„Die alte Möhre solltest du echt ins Museum bringen“, sagte Harmsen, nachdem Klara die Begriffe Pfau und Weltkugel bei der Bildersuche eingegeben hatte, und der Rechner nach Drücken der Entertaste erst einmal anfing zu rasseln. Die ersten Ergebnisse waren enttäuschend. Zahlreiche Bilder von Pfauen gab es, auch eine Diskothek wurde angezeigt, aber nicht die Kombination, die Klara und der Pastor gesucht hatten.

„Im alten Christentum war der Pfau das Sinnbild der Unsterblichkeit“, grübelte Harmsen. „Schon makaber, wenn mit diesem Sinnbild ein Mord begangen wird. Und wenn ich mich richtig erinnere, habe ich mal gelesen, dass es auf altchristlichen Gräbern diese Verbindung eines Pfaus mit der Weltkugel gibt. Aber wo?“ Auch die weiteren Versuche mit der Suchmaschine blieben erfolglos. Das Wappen wollte sich einfach nicht entschlüsseln lassen.

„Vielleicht liegen wir auch völlig daneben“, grummelte Klara. „Kann ja sein, dass das Wappen gar kein echtes Wappen ist, sondern nur eine modische Applikation auf einem edlen Schal.“

„Kann sein“, stimmte Pastor Harmsen zu. „Aber mein Gefühl sagt etwas anderes. Eventuell finde ich dazu etwas in einem meiner kunsthistorischen Bücher.“

Klaras Handy klingelte. Es war Knut Schlieker. Er wollte Klara nur mitteilen, dass Dörtes Leiche jetzt in die Rechtsmedizin nach Greifswald überführt würde. Inselarzt Jasper Wolter habe den Totenschein bereits ausgestellt und auch einen kleinen Bericht für die Kollegen im Greifswalder Institut geschrieben.

„Ist Jasper Wolter noch da?", fragte Klara.

„Steht neben mir."

„Gibst du ihn mir mal?" Klara hörte, wie Knut Schlieker sein Handy weiterreichte.

„Jasper Wolter."

„Klara Klühs hier. Herr Wolter, kann ich Sie direkt was fragen? War Dörte wirklich schwanger?"

„Frau Klühs", der Arzt räusperte sich. „Dazu darf ich eigentlich keine Auskunft geben. Ich will mal so sagen: Sie haben vermutlich eine ausgezeichnete Auffassungsgabe."

„Danke", sagte sie und legte auf.

„Dörte war schwanger?" Pastor Harmsen schluckte. „Und du wusstest das?"

„Ich habe es gesehen. Ein Bauch wie ein kleiner verschluckter Ball. Ich wollte sie gestern Abend darauf ansprechen."

Klaas Harmsen kratzte sich am Ohr. „Und du hast keine Ahnung, wer der Vater war?"

„Nicht die geringste!"

Beide schwiegen, wohl weil ihnen in diesem Moment bewusst wurde, dass Dörtes Mörder zwei Menschen auf dem Gewissen hatte.

Nachdem der Pastor gegangen war, saß Klara noch eine ganze Weile an ihrem alten Rechner und versuchte, das Rätsel von Pfau und Weltkugel zu lösen. Dabei frischte sie nebenbei ihr Wissen über den Pfau als mythologisches Symbol für Schönheit, Reichtum, Liebe, Leidenschaft, aber auch Unsterblichkeit, Arroganz und Eitelkeit auf. Sie las sich durch verschiedene Kulturen und Epochen und streifte bei ihrer virtuellen Reise Indien, Amerika, Kurdistan und Griechenland. Überall spielte der Vogel eine herausragende Rolle, und Mythen und Legenden gab es zuhauf. Aber den Pfau auf der Weltkugel suchte sie weiterhin vergeblich. Sie hatte vollkommen die Zeit vergessen, als es klopfte. Knut Schlieker stand vor der Tür zur Bücherei.

„Ich dachte, dich interessiert, was ich bislang in Erfahrung gebracht habe."

„Komm rein. Magst du 'nen Kaffee?"

Der Polizist nickte. Er war ganz durchgefroren und konnte das warme Getränk jetzt gut gebrauchen. In der kleinen Küchenzeile, die mit einer Gipskartonwand vom Rest der Bücherei abgetrennt war, nahm Klara zwei Pads aus einer Dose, stellte zwei bunte Becher auf das Abtropfgitter der Kaffeemaschine und setzte diese in Betrieb.

„Milch? Zucker?"

„Schwarz! Danke."

Schlieker hatte es sich in dem gemütlichen Lesesessel aus Omas Zeiten bequem gemacht, auf dem in der Woche gewöhnlich immer gleich mehrere Kinder herumlümmelten. Das war auch sein Stammplatz, wenn Klara ihn in Sachen Historienromane beriet, denn der Polizist tauchte in seiner Freizeit gerne ab in die Welt des Mittelalters. Gerade erst hatte er Bekanntschaft mit dem englischen König Æthelreds und seiner zweiten Frau Emma gemacht. *Die Normannin* hieß der Roman von Patricia Bracewell, den Klara ihm empfohlen hatte und den er zwischen Weihnachten und Silvester verschlungen hatte. Doch diesmal war er nicht wegen einer Empfehlung gekommen.

„Die Spurensicherung arbeitet immer noch. Den Platz, an dem Dörte gefunden wurde, haben die Kollegen gründlich untersucht und die Stelle, an der das Fahrrad lag, auch. Jetzt versuchen wir den Weg zu rekonstruieren, den sie gestern genommen hat. Vielleicht finden wir ja noch was, so wie du heute die Haarspange."

Klara hatte viel über die Arbeit der Spurensicherung an Tatorten gelesen und war ganz beeindruckt gewesen, wie es den Profis manchmal gelang, einen Tathergang minutiös zu rekonstruieren. Wenn sie Krimis las, versuchte sie immer, sämtliche Puzzleteile im Kopf so lange zu sortieren, bis sie die Lösung gefunden hatte. Selten war die Auflösung am Ende eines Buches dann für Klara noch überraschend.

„Vermutlich ist Dörte an der Mühle abgebogen und dann auf den Deich gefahren", spekulierte sie. „Und der Mörder muss dort auf sie gewartet haben. Dazu muss er aber ihre Wege gekannt haben."

„Mal langsam, Miss Marple.“ Schlieker kannte Klaras Fantasie. „Woher weißt du, dass der Mörder auf Dörte gewartet hat? Vielleicht ist Dörte nur zufällig Opfer geworden, weil sie zur falschen Zeit am falschen Ort war.“

Klara dachte kurz nach. Zumindest musste man Schliekers Einwand ernst nehmen. Aber irgendetwas sagte Klara, dass es eine Verbindung zwischen Dörte und ihrem Mörder gab und dass Dörte kein willkürlich ausgewähltes Opfer war. Schlieker sprach weiter. „Die Suche nach Zeugen war erfolglos. Ich war vorhin im *Godewind* und habe mit allen Gästen gesprochen. Niemand war um diese Zeit draußen in der Nähe des Deichs. Und auch die Gäste vom *Klabautermann* am Hafen waren nicht unterwegs. Bleibt jetzt nur noch die Hoffnung, dass sich jemand auf mein Rundschreiben meldet. Bislang haben wir also nicht viel.“ Der Polizist blickte auf seine Uhr. „Kurz vor vier. Wenn du Renate Jensen in Schaprode abfangen willst, dann musst du jetzt los.“

Klara stopfte ein paar Kekse und ihre Handschuhe in einen Beutel. Dann stellte sie die Kaffeebecher, die sie geleert hatten, in die kleine Spüle, begleitete Schlieker zur Tür hinaus und sperrte sorgfältig zu.

„Eines noch“, fragte sie. „Lassen Mörder ihre Tatwerkzeuge eher am Tatort zurück, oder nehmen sie die in der Regel wieder mit?“

„Keine Ahnung. Muss ich in die Polizeistatistik gucken. Warum?“

„Vielleicht wollte der Mörder mit dem Schal ja eine Botschaft übermitteln.“

„Du liest definitiv zu viele Krimis, Klara. Mörder wollen in der Regel eines: nicht erwischt werden. Vermutlich hat er den Schal um Dörtes Hals gelassen, damit der keinesfalls bei ihm gefunden werden kann. So ein Schal hinterlässt nämlich eindeutige Spuren. Allerdings haben wir so auch die Hoffnung, Hinweise auf den Täter zu finden. Vielleicht sogar seine DNA."

Klara nickte. Vielleicht ging ja wirklich gerade die Fantasie mit ihr durch. Und trotzdem war sie sich sicher, dass der Schal mehr war als ein bloßes Mordwerkzeug.

Auf der Fähre hatte Klara die Steppjacke bis oben hin zugezogen und den Schal vor Nase und Mund gewickelt. Der Wind blies empfindlich kalt und über der offenen Ostsee wirbelten die Schneeflocken. Die wenigen anderen Passagiere, die mit Klara an Bord gegangen waren, saßen im Aufenthaltsraum, in dem heißer Tee, Bier und kleine Snacks verkauft wurden. Klara war bewusst auf Deck geblieben. Sie wollte allein sein und die Kälte spüren. Sie hatte sich noch nicht zurechtgelegt, wie sie Renate Jensen den Tod von Dörte beibringen sollte. Renate Jensen war zwar eine starke Frau, dass wusste jeder auf Hiddensee. Aber was dort geschehen war, überstieg das, was Menschen in einem durchschnittlichen Leben begegnete, bei Weitem. Klara suchte in Gedanken nach

Worten für die Botschaft, die sie überbringen musste, verwarf diese wieder und suchte nach neuen Sätzen, die aber nichts daran änderten, dass Dörte tot war, brutal aus dem Leben gerissen durch ein Gewaltverbrechen.

Als die Fähre in Schaprode anlegte, verspürte Klara einen Impuls zu fliehen. Aber sie hatte eine Mission zu erfüllen, deshalb wartete sie in einer Ecke, in der auch ein Rettungsring hing, bis die anderen Fahrgäste die Fähre verlassen hatten. Dann trat sie aus ihrer Deckung ins Licht und versuchte, Renate Jensen auszumachen. Die resolute Sechzigjährige war bepackt mit einem kleinen Reisekoffer und zwei großen Plastiktüten. Als sie Klara erblickte, reagierte sie erst freundlich erstaunt, dann aber verunsichert. Klara wusste, es blieb keine Zeit, um langen Anlauf zu nehmen. Sie ging auf ihre ehemalige Lehrerin zu. „Tante Renate, es ist etwas Schreckliches passiert. Dörte ist ermordet worden.“ Von einem zum anderen Augenblick wich das Leben aus Renate Jensens Gesicht. Klara nahm sie am Arm und zog sie hinter sich her in den Aufenthaltsraum für Passagiere. Dort drückte sie die Lehrerin auf die Bank am letzten Tisch des Fahrgastraumes. Es waren nur noch vier andere Passagiere an Bord gekommen, die aber Abstand hielten und sich einen Tisch suchten, der den weitest möglichen Abstand zu den beiden Frauen hatte. Klara überlegte, ob die vier wohl durch den Steuermann informiert worden waren.

Sie saßen seit zehn Minuten so beieinander. Renate Jensen hatte noch kein Wort gesprochen. Still und regungslos schaute sie aus dem Fenster. Klara saß neben ihr und hielt ihre Hand. Auch sie schwieg. Sie hatte gesagt, was zu sagen war, und wusste, dass sie jetzt nicht mehr von Renate Jensens Seite weichen würde, bis sie gemeinsam beginnen würden, Worte zu suchen, um dem Unfassbaren eine Stimme zu geben. Das konnte dauern. Von Pastor Harmsen wusste sie, dass auch er langes Schweigen aushalten konnte und dass mit der Stille ein langwieriger Trauerprozess auf den Weg gebracht werden konnte.

„Sie war schwanger." Renate Jensen blickte immer noch aus dem Fenster. „Und wir haben nicht darüber geredet."

Klara blieb stumm.

„Wie kann das sein? Ich hatte mir vorgenommen, Dörte anzusprechen, wenn ich nach Hause komme. Und jetzt?"

Klara drückte Renate Jensens Hand fester. „Gestern Abend wollte ich das Gleiche tun", sagte sie. „ Aber Dörte ist nicht zum Gottesdienst gekommen. Wir haben sie nachts noch gesucht, aber nur ihr Fahrrad gefunden. Heute Morgen kam dann die schreckliche Gewissheit. Die Polizei hat alle Spuren gesichert und tut, was sie kann."

„Ja, das wird sie wohl", sagte Renate Jensen. Nach einer Pause blickte sie zu Klara. „Ihr wart doch fast wie Schwestern, und du hast auch nichts gewusst? Mein Gott, wer war der Vater des Kindes?" Klara zuckte mit den Schultern.

„Ich war mir erst seit ein paar Tagen sicher, dass sie schwanger ist. Und ich habe auch keinen blassen Schimmer, wer der Vater sein könnte." Beide schwiegen wieder. Das blieb so, bis sie in Vitte anlegten. Am Hafen wurden sie erwartet. Pastor Harmsen war gekommen und auch Knut Schlieker stand am Kai. Er wirkte bedröppelt. Vermutlich wusste er nicht, wie er Renate Jensen begegnen sollte. Er gehörte zu den Polizisten, die bislang davon verschont geblieben waren, Todesnachrichten nach Gewaltverbrechen an Angehörige übermitteln zu müssen. Nur einmal hatte er eine Familie in Kloster über einen tödlichen Verkehrsunfall informieren müssen. Willi Burwitz war mit dem Fahrrad gestürzt, und Jasper Wolter hatte ihm nicht mehr helfen können. Bei der Familie wurde diese Nachricht aber eher mit mildem Kopfschütteln aufgenommen. Denn dass Willi Burwitz mit neunundachtzig Jahren immer noch darauf bestanden hatte, seine tägliche Tour von Kloster nach Vitte und zurück ohne Fahrradhelm zu machen, hatte selbst Knut Schlieker irgendwann akzeptiert. Nachdem Jasper Wolter festgestellt hatte, dass Willi nicht an seinen Kopfverletzungen, sondern an einem Herzstillstand gestorben war, konnte Klaas Harmsen eine schöne, ja sogar heitere Beerdigung feiern. Harmsen sah Renate Jensen aufmerksam und mit Zuneigung an. Er ging zwei Schritte auf sie zu und nahm sie in den Arm. Dann murmelte er: „Renate, ich begreife das auch nicht. Ich fühle Schmerz, doch ich kann noch nicht damit umgehen. Aber wir sind bei dir. Wann immer du uns brauchst.“ Renate Jensen nickte. Dann löste sie sich von Harmsen und sagte: „Bringt mich bitte nach Hause.“ Und so zog die kleine Gruppe vom Hafen zu dem alten reetgedeckten Haus, das Renate auf einen verrückten Wunsch Dörtes hin hatte blau streichen lassen. Vor der Haustüre atmete Renate Jensen tief ein. „Herrlich, die kalte Luft auf unserer Insel. Ganz anders als auf Rügen. Dörte hat das geliebt.“ Dann schloss sie die Türe auf und ließ die anderen herein.

„Knut, hol uns einen Schnaps, du weißt, wo er steht.“ Renate Jensen zeigte trotzdem auf den alten Küchenschrank aus DDR-Zeiten, der bunt bemalt im Flur stand, auch eine Idee von Dörte. Knut Schlieker war dankbar, eine Aufgabe zu haben. Er wählte einen Aquavit, einen Kümmelschnaps aus Schweden. Schlieker wusste, dass dieser Schnaps in Skandinavien bei Zimmertemperatur getrunken wurde. Also servierte er ihn zimmerwarm. „Meine Dörte“, murmelte Renate Jensen. „Klara, Liebes, schläfst du bitte hier? Ich weiß nicht, was heute Nacht noch in meinem Kopf passiert.“ Die Bitte von Tante Renate zu erfüllen, war für Klara selbstverständlich. „Darf ich die kleine Gästekammer haben?“, fragte sie. In Dörtes Zimmer wollte sie keinesfalls übernachten. Heute jedenfalls nicht. Auch sie fürchtete, dass die Gefühle, die Trauer und auch das wirkliche Begreifen in der Nacht noch über Renate Jensen und sie hereinbrechen könnten. Knut Schlieker verabschiedete sich und nahm dabei Renate Jensen in den Arm. „Ich kann zu solchen Sachen nichts sagen“, schluckte er. „Ich bin einfach nicht gut in so was.“

Kurz lächelte Renate Jensen mild, bevor ihr Gesicht wieder Trauer trug. „Ich weiß, Knut, du warst schon in der Schule so. Die Menschen sind eben verschieden."

Klara schluckte, so kannte sie Tante Renate. Die war immer eine Weise gewesen. Die kannte ihre Pappenheimer. Und woher der Spruch von den Pappenheimern kam, hatte sie, wie vieles andere, bei ihrer ehemaligen Lehrerin gelernt: Wallenstein, Schiller.

Auch Klaas Harmsen verabschiedete sich und sagte nur: „Wenn du mich brauchst, jederzeit." Er drückte Renate Jensen noch einmal an sich, fasste Klara fest an der Schulter und flüsterte: „Klara, ohne dich wäre diese Insel wesentlich ärmer. Danke!" Dann ging er.

„Der Pastor passt gut zu dir", sagte Renate Jensen. „Denk mal drüber nach. Gute Nacht!" Dann ging sie die Treppe hinauf und verschwand in ihrem Schlafzimmer. Klara saß noch einen Moment alleine, dann löschte sie das Licht und zog sich in die kleine Kammer zurück, die für Besucher bereitstand.

Klara lag lange wach und grübelte. Bilder der Vergangenheit drangen in ihr Bewusstsein, Situationen mit Dörte, an die sie sich sonst gerne erinnert hatte, aber immer wieder kehrten ihre Gedanken zurück zu den Worten „Dörte ist tot". Sie würde nicht gut schlafen, deshalb blieb sie wach und bemerkte, dass es Renate Jensen nicht anders ging. Sie hörte ihr Schluchzen. Kurzerhand stand Klara auf und stieg die Treppe hinauf, Kopfkissen und Decke in den Armen. „Ich schlafe heute

Nacht bei dir", sagte sie nur. Sie legte sich auf die rechte Seite ins Bett, griff nach Tante Renates Hand und hielt sie fest. So konnten beide doch noch einschlafen.

Der nächste Morgen kam und mit ihm wieder die Gewissheit, dass das alles kein böser Traum war. Klara war als Erste aufgestanden und hatte einen Filterkaffee gebrüht, den sie jetzt langsam schlürfte. Er war heiß und fast verbrannte sie sich die Lippen, als sie Tante Renate die Treppen herabsteigen hörte. Wortlos nahm sich Renate Jensen eine Tasse, füllte sie und setzte sie an die Lippen. „Heiß", murmelte sie.

Beide standen eine Weile da und blickten aus dem Fenster. Der Kaffee dampfte immer noch und bildete einen schönen Kontrast zu den draußen tanzenden Schneeflocken.

„Dörte hat Schnee sehr gemocht", sagte Renate Jensen. „Erinnerst du dich, wie du sie einmal auf dem Schlitten bis nach Neuendorf und zurück gezogen hast? Da muss Dörte vier gewesen sein."

„Ja", seufzte Klara, die sich gut erinnern konnte. Bilder hatte sie reichlich im Kopf.

„Ich muss rauskriegen, wer der Vater war", sagte sie plötzlich. „Darf ich mir Dörtes Zimmer mal anschauen?"

Renate Jensen, die Klaras kriminalistische Passion kannte, nickte. „Mich wundert, dass die Spurensicherung noch nicht hier war."

„Die machen eins nach dem anderen", vermutete Klara. „Aber wenn ich darf, guck ich schon mal rein, bevor die kommen." Damit stolperte Klara die Holzstiegen ins Obergeschoss hinauf. Dörtes Zimmer sah aus wie das einer jungen Frau, die die Pubertät noch nicht ganz hinter sich gelassen hatte. Verschiedene Ohrringe lagen auf dem Regal. Sie stammten aus einer kurzen Phase, als Dörte mit knapp sechzehn auf Punk gemacht hatte, vermutlich nur, um Renate Jensen zu provozieren, was ihr aber nicht gelungen war. Die Lehrerin hatte in ihren langen Dienstjahren schon einiges gesehen. Auch ein paar Ledermanschetten, ein Nietenhalsband und einige Kettenarmbänder lagen akkurat drapiert auf dem Regal. Alles Dinge, die Dörte schon lange nicht mehr trug, von denen sie sich aber offenbar nicht trennen wollte, genauso wenig wie von dem Poster der Supersuckers, das immer noch an ihrer Wand hing. Klara teilte Dörtes Musikgeschmack definitiv nicht, jedenfalls nicht, wenn es um Punkrock ging. Dörte hatte doch eine so wunderbare Stimme besessen. Im Kirchenchor war sie gelandet, weil es auf Hiddensee keine geeignete Punkband gab.

Klara atmete tief durch. Dörtes Bett war zerwühlt. Ein Notizblock lag aufgeschlagen auf dem Fußboden. Darauf waren offensichtlich Namen und Telefonnummern notiert. Sie erkannte die Vorwahl 03834. Das waren alles Nummern aus Greifswald. Und die Namen. Klara blies die Wangen auf und ließ dann die Luft bewusst geräuschvoll entweichen. Die ersten vier Namen lauteten: Abel, Böttcher, Clausen und Dinse.

Und alle vier hatten denselben Vornamen. Henning. Auch alle weiteren Namen und Nummern – Dörte war im Alphabet bei ihrer Suche bis K gekommen – gehörten zu Männern, die den Vornamen gemeinsam hatten: Henning! Klara sah unter dem Bett nach und fand sofort, wonach sie suchte. Dörte hatte ein Telefonbuch von Greifswald aufgeschlagen, ein Bleistift lag darin, genau bei Buchstabe K. Offenbar hatte sie alle Telefonnummern von Männern namens Henning herausgeschrieben. Klara überlegte, was das bedeutete. War Dörte auf der Suche nach dem Vater ihres Kindes gewesen? Und wenn sie zielgerichtet in Greifswald suchte, dann konnte das nur bedeuten, dass sie außer Vorname und Wohnort offenbar wenig über diesen Kindsvater wusste. Klara war klar, sie musste diesen Mann finden, wollte sie weiterkommen. Sie überlegte kurz, ob sie den Zettel mit den Nummern einstecken sollte, entschied sich aber dagegen. Stattdessen riss sie ein unbenutztes Blatt aus dem Block und schrieb Dörtes Liste sorgfältig ab. Sie wollte der Polizei auch eine Chance lassen und wusste natürlich, dass sie sich strafbar machen würde, wenn sie Beweismaterial an sich nahm. Sie suchte weiter in dem kleinen Zimmer nach Hinweisen. Währenddessen rumorte es unten in der Küche. Renate Jensen hatte wohl beschlossen aufzuräumen. Untätigkeit war ihre Sache nicht. Klara ließ den Blick durch das Zimmer gleiten. In einem Regal standen sorgsam aufgestapelt kleine Kartons und Fotokisten. Bei einem der Kartons war der Deckel leicht angehoben und lag schräg auf der oberen Umrandung.

Klara trat näher, nahm den Karton und blickte hinein. Eine schwarze Lederkladde lag darin, offensichtlich oft benutzt. Klara nahm das kleine Büchlein in die Hand, ihr Herz pochte. Dann blätterte sie die Kladde auf. Es war, wie Klara geahnt hatte, eine Art Tagebuch. Dörte hatte offenbar schon eine längere Zeit lang Lebensereignisse in dieses Büchlein geschrieben. Klara konnte deutlich sehen, dass sich Dörtes Handschrift im Laufe der Eintragungen verändert hatte. Begonnen hatte sie die Eintragungen offenbar mit Anfang sechzehn, kurz vor der kurzen, aber heftigen Punkphase. Klara konnte sich noch gut erinnern, wie Dörte damals von einem Jens geschwärmt hatte. „Jens küsst echt geil, macht richtig Spaß!", war der erste Eintrag im Tagebuch, das nicht etwa fortlaufende Texte enthielt, sondern eher kleine, punktuelle Notizen. Klara blätterte fieberhaft nach vorne. Natürlich war Dörtes ganze Vergangenheit spannend, aber Klara interessierten besonders die vorangegangenen Monate. Sie suchte also den letzten Eintrag. „Henning Grawe, wieder daneben", stand da. Klara schloss daraus, dass Dörte alle Hennings bis G abtelefoniert hatte. Ein paar vorherige Einträge bestätigten das. Allerdings war die Liste in der Kladde nicht vollständig. Klara konnte sich aber gut vorstellen, dass Dörte nicht jeden Anruf eingetragen hatte. Sie hatte nicht den Ordnungssinn gehabt, der Klara eigen war, auch wenn sie die Dokumente ihrer eigenen Geschichte in ihrem Zimmer sorgsam arrangiert hatte. Für Klara war das kein Widerspruch, sondern Teil von Dörtes Persönlichkeit, wie sie sie kannte. Klara nahm erneut ihren Notizzettel und schrieb die Namen auf, die auch in der Kladde standen. Sie wusste noch nicht genau, warum das wichtig werden würde, aber dass es wichtig würde, dafür hatte sie ein sicheres Gespür. Dann blätterte sie im Tagebuch weiter zurück. „Ich bin schwanger und Henning war gestern nicht an unserem Treffpunkt. Scheiß Nacht gehabt. Und kalt war's auch noch. Er müsste doch längst von seiner Reise zurück sein. Ich blödes, verliebtes Huhn, warum habe ich mich bloß auf dieses Spiel eingelassen? Keine Nummer, keinen Nachnamen! Scheiße! Hoffentlich meldet er sich." Zwei Einträge weiter vorne las Klara: „Ich muss dauernd kotzen. Hoffentlich merkt Tante Renate nichts. Wir zanken ja so oft genug. Und der blöde Test ist auch positiv. Muss Henning ausgerechnet jetzt wegen 'ner Familiengeschichte nach Südfrankreich. Dabei sagt er doch immer, seine Familie nerve ihn. Deshalb erzählt er auch nie was. Egal. In zwei Wochen sehe ich ihn wieder. Gleiche Zeit, gleiche Stelle. Und dann will ich endlich seine Telefonnummer." Und noch eine Seite vorher las sie: „Mit Henning die ganze Nacht am Strand gelegen und…", das letzte Wort hatte Dörte durch Pünktchen ersetzt und ein lachendes Mondgesicht darüber gemalt. Darunter stand: „Ziemlich glücklich!" Klara traten die Tränen in die Augen. Offenbar war Dörte wirklich verliebt gewesen. Sie blätterte weiter zurück und fand: „Henning, cooler Typ, stand einfach so in Binz im Café vor mir und sprach mich an. Stundenlang spazieren gewesen. Fühlt sich gut an. Hat mir eine schöne

Stelle am Strand gezeigt. Wir sind dort wieder verabredet. Irgendwie romantisch und geheimnisvoll. Aber auch irgendwie gaga! Wie kann man denn kein Handy haben???“ Das war der erste Eintrag, der sich auf Henning bezog. Klara grübelte. Die Einträge davor waren weit früheren Datums. Offenbar hatte Dörte die Kladde eine Weile nicht benutzt. Diese autobiografische Lücke interessierte Klara aber im Moment nicht. Sie legte die kleine Kladde zurück in ihren Karton, als es an der Haustüre klingelte.

Klara stieg die Treppe hinunter und sah, wie Tante Renate Knut Schlieker und einen groß gewachsenen blonden Mann ins Haus bat. Man hatte sich offenbar schon miteinander bekannt gemacht.

„Ah, Klara.“ Schlieker blickte zu Klara, die mittlerweile am Fuß der Treppe angekommen war. „Das ist Kriminalhauptkommissar Sven Krömer. Er leitet die Ermittlungen.“

„Ja“, übernahm dieser das Wort. „Und ich wollte mich mal hier im Haus und in Dörtes Zimmer umschauen. Vielleicht finde ich Hinweise, die uns weiterhelfen. Ich hoffe, Sie haben in Dörtes Zimmer nichts verändert?“, fragte Krömer. Klara wurde ein wenig rot. „Nichts verändert“, antwortete sie.

Klara war gegangen, nachdem Tante Renate ihr versichert hatte, sie käme schon zurecht. Am Nachmittag wollten beide noch einmal telefonieren und hören, wie es ihnen ging. Klara lief durch das Schneepulver, das die Straßen in Vitte zart gepudert hatte, Richtung Bücherei. Sie wollte eine Dusche nehmen und dann direkt Pastor Harmsen anrufen, um ihre neuesten Erkenntnisse mit ihm zu teilen. Knut Schlieker hatte Klara beim Hinausgehen noch bedeutet, dass er am Nachmittag einen vorläufigen Obduktionsbericht erwarte. Der Kollege Krömer habe ihm zugesagt, ihn auf dem Laufenden zu halten. Und Klara schloss aus dieser Information, dass Schlieker sein Wissen nicht für sich behalten wollte.

Die Dusche tat ihr gut. Sie frottierte sich mit einem rauen Handtuch trocken und empfand das Kratzen auf der Haut als angenehm. Sie dachte dabei an Klaas Harmsen und wie es wohl wäre, wenn sie sich tatsächlich noch näher kämen. „Der Pastor passt gut zu dir", hatte Tante Renate gesagt, und sie solle darüber nachdenken. Sie wischte den Gedanken beiseite, griff aus ihrem Kleiderschrank eine Cordhose und eine karierte Flanellbluse. Sie ging die Treppe hinunter in den Lesesaal. Gut, dass der 2. Januar diesmal auf einen Samstag fiel. So blieb die Inselbücherei geschlossen. Erst am Montag würden die Gören wieder bei ihr auftauchen, allerdings schon am Vormittag, es waren schließlich Ferien.

Sie fuhr den Computer hoch, obwohl sie gar nicht wusste, warum. Sollte sie noch einmal wegen Pfau und Weltkugel recherchieren? Sie glaubte nicht, dass ihr noch weitere Suchbegriffe einfallen würden, die ein besseres Ergebnis zur Folge hätten. Da wollte sie sich lieber auf den Pastor verlassen. Wenn einer hier fündig würde, dann er. Klara wählte seine Nummer.

„Klara, wie hast du geschlafen?" Harmsens Stimme klang warm und ein bisschen besorgt.

„Geht so. Habe mit Tante Renate das Bett geteilt. Heute Morgen habe ich was gefunden." Und dann erzählte Klara alles, was sie gelesen und herausgefunden hatte.

„Und wie willst du jetzt weiter vorgehen?"

„Ich weiß noch nicht genau", antwortete Klara. „Vielleicht rufe ich mal die ersten Hennings von Dörtes Liste an. Danach weiß ich, ob ich mit meinen Vermutungen richtig liege."

„Du meinst, Dörte hat die alle angerufen und jeden gefragt, ob er der Vater ihres Kindes ist?"

„So natürlich nicht", Klara lachte, und es war ein befreiendes Lachen, stellte sie sich doch gerade vor, wie jemand reagiert, der einen Anruf erhält: „Guten Tag, bist du der Vater meines Kindes?"

„Aber irgendwas", überlegte Klara, „muss Dörte am Telefon ja gesagt haben." Jedenfalls hatte sie den Tag über Zeit, und einen Versuch war es wert. Klaas Harmsen fragte, ob sie am Nachmittag zum Tee kommen wolle, und sie willigte ein. Bis dahin würde er noch einmal nachforschen, ob er zu dem Pfau auf der Weltkugel mehr als nur Theorien zu bieten hätte.

„Ich freue mich auf nachher, Klara." Dann legte er auf.

Klara hatte das Telefon noch in der Hand, als es an der Türe zur Bücherei klopfte. Die Insulaner wussten eigentlich, dass die Bücherei am Wochenende geschlossen hatte. Als sie zur Tür kam, sah sie, dass Kriminalhauptkommissar Krömer in Begleitung von Knut Schlieker davor stand. Sie öffnete. Schlieker schien dieser Besuch unangenehm zu sein, er druckste ein wenig herum. „Äh, Klara, der Herr Kollege hier möchte mit dir unter vier Augen sprechen." Krömer blickte Klara an und Schlieker, der hinter ihm stand, zuckte kurz mit den Schultern. Der Hauptkommissar, der die Geste nicht gesehen haben konnte, sagte mit unterkühltem Ton: „Genau, danke, dass Sie mir den Weg gezeigt haben." Das war zugleich die unmissverständliche Aufforderung an Schlieker, jetzt zu gehen. Der verstand sofort und schien auch irgendwie erleichtert, beim weiteren Gespräch zwischen Klara und Sven Krömer nicht anwesend sein zu müssen. Er hob kurz die Hand zum Gruß und trollte sich davon.

Krömer durchschritt die kleine Bücherei und nahm gedankenverloren ein Buch in die Hand. Es war die deutsche Übersetzung eines Helene-Tursten-Krimis. „Ah", sagte er. „Die Kollegin Irene Huss aus Göteborg ermittelt wieder. Den hier habe ich noch nicht gelesen." Er legte das Buch zurück auf den Tisch, allerdings auf einen anderen Stapel. Sofort war Klara an seiner Seite und räumte das Buch wieder an die richtige Stelle. „Hat alles seine Ordnung hier", murmelte sie und erklärte dann: „Diese modernen Krimis sind nicht so mein Fall. Der da ist mir ein bisschen zu brutal. Da wird ein Bandenmitglied mit Benzin übergossen und angezündet. Und ganz schnell befindet sich die ganze Familie Huss zum wiederholten Mal in höchster Lebensgefahr. Ansonsten ein Sumpf aus Schutzgelderpressung, Drogenhandel und Mord."

„Nichts Neues also", Kommissar Krömer lächelte.

„Nein", gab Klara zu. „Aber immerhin mag ich die Ermittlerin. Das ist eine schöne Figur. Die ist nicht einfach eine noch härtere Kopie ihrer männlichen Kollegen."

„Ich weiß. Ich mag Irene Huss auch. Ich selbst bin übrigens ebenfalls kein ständig saufender und fluchender Einzelgänger." Wieder lächelte Krömer und nahm ein weiteres Buch in die Hand, während Klara überlegte, wo sie diesen Satz so ähnlich schon einmal gelesen hatte. Krömer jedenfalls schien ihr durchaus gebildet.

„Sie gelten ja als so etwas wie die ‚Insel-Miss-Marple'", fuhr Krömer fort und Klara wusste sofort, warum Knut Schlieker vorhin fast verschämt auf sie gewirkt hatte. Offenbar hatte der Polizist in seiner Jovialität einen Satz über Klaras kriminalistische Interessen fallen lassen, und der Kollege aus Greifswald hatte eins und eins zusammengezählt, nachdem sie am Morgen aus Dörtes Zimmer gekommen war. Klara ließ sich nicht anmerken, dass sie die Gedanken Krömers längst durchschaut hatte.

„Ich nehme an, Sie haben aus Dörtes Zimmer nichts mitgehen lassen?" Er lächelte.

„Natürlich nicht", Klara beschloss, mit offenen Karten zu spielen. „Aber ich habe sowohl die Telefonliste als auch das kleine Tagebuch gesehen."

„Ich nehme an, wir werden Ihre Fingerabdrücke auf beidem finden."

„Abgewischt habe ich nichts", antwortete Klara.

„Sie sind trotzdem nicht tatverdächtig", schmunzelte der Kommissar. „Was schließen Sie aus den Dokumenten?" Krömer schien aufrichtig interessiert an Klaras Meinung.

„Ich nehme an, Dörte war auf der Suche nach dem Vater ihres Kindes. Sie wusste offenbar nur den Vornamen…"

„… und den Wohnort", ergänzte Krömer. „Das sehe ich auch so. Wie schätzen Sie Dörte ein? Frau Jensen meinte, sie wäre so etwas wie eine kleine Schwester für Sie gewesen. War das eine junge Frau, die sich auf One-Night-Stands einlässt?"

Empörung wollte sich bei Klara breitmachen, doch sie begriff schnell, dass der Kommissar diese Frage stellen musste. „Nein, eigentlich war Dörte nicht so ein Typ. Mein Gott, sie hatte ein paar kürzere Beziehungen. Aber ich glaube, sie war eher wählerisch."

„Sie meinen also, Dörte hatte mit Henning durchaus ernste Absichten?"

„So habe ich das im Tagebuch verstanden, auch wenn die beiden sich wohl noch nicht lange kannten", antwortete Klara. „Viele Worte hat Dörte in der Kladde ja nicht darum gemacht. Aber sie rechnete wohl fest damit, dass Henning sich nach dem gescheiterten Treffen am Strand doch irgendwie melden würde."

„Natürlich hat er gewusst, dass Dörte auf Hiddensee lebt. Und wenn man auf dieser Insel jemanden finden will, dann findet man ihn auch."

„Dass Henning kein Handy hatte, finde ich allerdings seltsam."

„Vielleicht hatte er eins", warf Krömer ein.

„Könnte aber auch sein, dass das ein Spiel zwischen beiden war. Wir brauchen keine Nummern, wir haben ja unseren Strand. Ich glaube, Dörte war ziemlich verknallt. Und ein bisschen leichtlebig wohl auch."

„So was kommt vor, wenn man jung ist." Krömer grübelte. „Na, das Wesentliche hat sie wohl in ihrem Herzen getragen und dann wohl auch in ihrem Bauch." Die Stimme des Kommissars klang traurig. „Was wollen Sie unternehmen?"

Klara stutzte. Sie hatte erwartet, der Kriminalhauptkommissar würde ihr klarmachen, dass sie sich aus seinem Fall heraushalten sollte. Aber offenbar wusste Krömer bereits, dass das keinen Sinn haben würde.

„Na ja", meinte Klara. „Ich hatte vor, mit der Telefonliste anzufangen. Vielleicht bringt das ja was. Und dann sehen wir weiter."

„Wir?" Der Kommissar runzelte die Stirn.

„Habe ich ‚wir' gesagt? Nun, der Pastor forscht auch ein bisschen nach. Uns interessiert das Wappen auf dem Schal."

„Ah, Mister Stringer ist ja mit von der Partie." Wieder schmunzelte Krömer. „Nun gut, mich interessiert dieser Schal ebenfalls. Wären Sie also bitte so lieb, mich zu informieren, wenn Ihre Nachforschungen irgendwelche Erkenntnisse bringen?“ Damit zog er eine Visitenkarte aus seinem Portemonnaie und überreichte sie Klara. „Ich nehme an, Knut Schlieker wird Sie über die Obduktionsergebnisse informieren. Er darf das natürlich nicht, aber verhindern kann ich es trotzdem nicht. Also was soll‘s.“ Mit diesen Worten verabschiedete er sich und war aus der Tür.

„Eigentlich ein netter Kerl“, sagte Klara zu sich, als sie auf dem Fahrrad saß und Richtung Kloster fuhr. Ihre Vorstellung von einem Polizeibeamten war eigentlich eine andere. Natürlich kannte sie Schlieker, aber der gehörte zum Inselinventar. Ansonsten war ihr Bild von Polizisten durch TV-Krimis und Literatur geprägt. Krömer wirkte bemerkenswert anders. Er war normal, er war freundlich und interessiert. Er hätte auch Bäcker oder Koch sein können. Oder Lehrer. Dass er ihre kriminalistische Leidenschaft nicht ins Lächerliche gezogen hatte, sondern ehrlich an ihrer Meinung interessiert zu sein schien, hatte Klara gefallen. Und deshalb mochte sie den Mann. Ob sie das dem Pastor erzählen sollte? Sie zögerte. Malte sie sich da gerade wirklich aus, Klaas Harmsen könnte eifersüchtig sein? Sie musste schmunzeln. Auf so eine Idee war sie bisher noch nie gekommen. Harmsen eifersüchtig, ihretwegen? Der Gedanke gefiel ihr. Sie radelte weiter und freute sich, dass Sonnenstrahlen ihr den Rücken wärmten. Noch eine Stunde, und die

Sonne würde im Meer versinken. Vor halb fünf würde Klara nicht beim Pastor in dessen gemütlichem Studierzimmer sein. Nach Krömers Besuch hatte sie natürlich keinen Henning mehr angerufen. Dafür war die Zeit zu knapp gewesen. Sie beeilte sich, trotzdem pünktlich bei Harmsen zu sein. Ob er etwas herausgefunden hatte?

„Hallo Klara, schön, dass du da bist", die Stimme von Klaas Harmsen klang warm und ehrlich erfreut.

„Danke, auch schön, dich zu sehen!" Wenn da wirklich ein Hauch Erotik in Klaras Stimme mitgeklungen hatte, dann hatte es Harmsen entweder überhört oder überhören wollen.

„Komm rein, ich habe was gefunden", sagte er nur, und Klaras Neugierde war geweckt.

Natürlich ging es um den Pfau auf der Weltkugel. Im Studierzimmer lagen einige Bücher aufgeschlagen, die meisten von Kunsthistorikern, die zugleich kirchenhistorisch bewandert waren. „Es gibt echt wenig Treffer, wenn man im Internet recherchiert. Ein nahezu unerforschtes Thema." Harmsen schien zufrieden mit sich. „Aber es gab Hinweise auf einen kulturhistorischen Bildband, den ich zufällig besitze. Habe ich während des Studiums in Kiel gekauft. Für lächerliche zwei Mark. Da fehlt echt der Respekt für die Leistung der Alten." Harmsen grinste. „Aber ich hab's." Er deutete auf einige Bücher über christliche Kunstsymbole auf dem Tisch. Klara war beeindruckt. „Dafür hast du dich im Studium echt interessiert?"

Harmsen grinste. „Nee, ich war damals nur der irrigen Meinung, ein Theologe brauche eine riesige

Privatbibliothek, um immer alle Antworten griffbereit zu haben. Und ich hatte so einen verrückten Professor, der gerne über theologische Randgebiete forschte und lehrte. Da habe ich in Antiquariaten auch Zeug zusammengekauft, das seitdem fröhlich bei mir verstaubt. Kennst du übrigens die Legende vom Heiligen Stephan? Der wollte mal einen Mönch zwingen, von einem gebratenen Pfau zu essen. Da machte dieser den Pfau lebendig, sodass er davonflog."

„Aha, und ein Pastor muss so etwas wissen?"

„Immerhin weiß ich jetzt, dass es ganz viele dieser heiligen Stephans gibt. Aber den Pfau auf der Weltkugel habe ich nur in einem Buch gefunden." Er schob Klara einen Bildband hin. „Symbole altchristlicher Gräber", erläuterte er. „Die sind aus ganz frühchristlicher Zeit." Und tatsächlich, auf einer alten Grabplatte erkannte Klara einen Pfau auf einer Weltkugel. Harmsen erklärte: „Ein Kreuz auf der Weltkugel ist ein typisches Symbol, das sich auch sehr leicht entschlüsselt."

„Christus ist Sieger", murmelte Klara. „Und der Pfau?"

„So richtig erklärt wird das im Buch nicht. Aber es verbindet symbolisch wohl die Unsterblichkeit mit der Weltherrschaft. Es ist aber kein sehr gebräuchliches Symbol. Soviel dürfte wohl feststehen. Sonst wäre unsere Suche ja schneller erfolgreich gewesen."

Klara grübelte. „Vielleicht ist der Pfau auf der Weltkugel doch nur ein Modegag?"

„Dann hätten wir ihn im Internet gefunden“, antwortete Harmsen. „Ich glaube, da zeigt jemand persönlichen Stil. Wenn auch mit seltsamem Geschmack.“

„Wir sind nicht wirklich weiter“, resümierte Klara.

„Was weißt du eigentlich über Dörtes Geschichte?“, fragte Harmsen plötzlich. „Ich meine, warum sie bei Renate Jensen aufgewachsen ist. Was ist mit ihren Eltern?“

Klara wurde bewusst, dass der Pastor noch gar nicht so lange auf der Insel war, obwohl es sich für sie wie ein halbes Leben anfühlte.

„Ich habe Tante Renate nie danach gefragt“, antwortete Klara. „Irgendwann hatte sie ein Baby. Und offenbar hat das jeder auf der Insel akzeptiert.“

„Knut hat mich vor sechs Jahren mal um Hilfe gebeten.“ Harmsen kramte in seiner Erinnerung. „Dörte ist bei einem Ausflug mit Zigaretten und Alkopops erwischt worden, und ein übereifriger Lehrer hat gleich das Jugendamt eingeschaltet, weil Renate zwar als sorgeberechtigte Pflegemutter anerkannt war, Dörte aber nie adoptiert hatte. Die Dame vom Jugendamt habe ich aber schnell davon überzeugen können, dass da nun wirklich kein Handlungsbedarf bestand. Und Dörte habe ich ins Gewissen geredet und damit hatte sich die Sache. Aber tiefer bin ich nicht in die Geschichte eingedrungen.“

„Dann lass uns Tante Renate danach fragen.“ Klara klang bestimmt. Vielleicht lag in Dörtes Vergangenheit ja eine Erklärung für ihren Tod.

„Frische Luft wird uns guttun.“ Harmsen stand auf und zog Schal, Stiefel und Wintermantel an. Dann hielt er Klara ihre Steppjacke hin und sie schlüpfte hinein.

Sie spürte Klaas Harmsen in ihrem Rücken und das fühlte sich gut an. Fast hätte sie sich fallengelassen.

Kurze Zeit später marschierten sie über den inzwischen leicht schneebedeckten Weg Richtung Vitte. Klara schob dabei ihr altes Fahrrad, das leise klapperte.

„Du könntest mal ein neues vertragen", regte Harmsen an.

„Die LED-Dusche war wichtiger", antwortete Klara. Den Rest des Weges schwiegen beide.

In Renate Jensens kleinem Haus brannte das Licht und im Kamin ein Feuer. Die Lehrerin saß in einem Sessel und betrachtete Fotos in einem Album, das konnten Klara und Pastor Harmsen von außen durch die Scheibe erkennen. Renate Jensen nahm die Besucher ebenfalls wahr und erhob sich. Sie öffnete die Tür, bevor ihre Gäste läuten konnten. Ihr Gesicht war gerötet. Vermutlich hatte sie geweint. Als sie den Pastor und Klara in die Stube führte, schien sie aber gefasst. Sie holte drei Teetassen aus dem Schrank und schenkte aus einer großen Kanne allen ein. Offenbar hatte sie mit Klaras Besuch gerechnet. Als sie saßen, zeigte Renate Jensen auf das Fotoalbum. „Da sind Bilder aus den ersten Jahren mit Dörte drin. Mein Gott, wie winzig sie war, als sie zu mir kam." Die drei schwiegen eine Weile. Dann sprach Klaas Harmsen. „Renate, Klara und ich glauben, dass das, was passiert ist, etwas mit Dörtes Vergangenheit zu tun haben könnte. Wir fragen uns, ob du etwas weißt, was uns weiterhelfen könnte, die Zusammenhänge zu verstehen." Renate Jensen blickte zu Klara. „Du erinnerst dich noch, wie es war damals, als Dörte zu mir kam?"

„Nicht wirklich", antwortete Klara ehrlich. „Ich weiß, dass du plötzlich ein Baby hattest, ohne dick gewesen zu sein."

Renate Jensen lächelte. „Ja, das war wirklich für einige Insulaner eine Überraschung, dass ihre Tante Renate plötzlich ein Baby hatte. Zumal ich ja nie mit Männergeschichten angeben konnte. Aber das ist eine andere Geschichte. Dörte jedenfalls war ein Findelkind."

„Ein Findelkind?" Klara hatte sich vorgestellt, dass Dörte die Eltern verloren hatte und Renate Jensen eine nahe oder eben auch entfernte Verwandte war. „Wie das?"

Renate Jensen atmete tief ein. „Ich habe vor mehr als 20 Jahren ehrenamtlich für einen Verein gearbeitet. Stralsunder Lebenschance hieß der. Na ja, eigentlich war es mein Verein. Ich habe ihn damals mit meiner Schwester und ein paar Gleichgesinnten gegründet. Wisst ihr: Damals hatte es bei uns in Mecklenburg-Vorpommern immer wieder Fälle gegeben, bei denen Säuglinge nach der Geburt ausgesetzt und tot aufgefunden wurden. Wir haben uns deshalb engagiert und für die Einrichtung einer Babyklappe in Rostock stark gemacht. Aber die Behörden und Krankenhäuser wollten das damals noch nicht und es hat deshalb Jahre gedauert, bis es schließlich in Hamburg die erste offizielle Babyklappe gab." Renate Jensen machte eine kleine Pause. Pastor Harmsen pfiff durch die Zähne. „Offiziell", auch er machte eine kleine Pause. „Heißt das, es gab eine inoffizielle Babyklappe von eurem Verein?"

Renate Jensen nickte. „Natürlich nur eine provisorische und das auch noch in Stralsund. Wir haben nicht wirklich damit gerechnet, dass jemand das ernst nimmt. Das war ja eher als politisches Signal gedacht. Außerdem hatten wir, um uns abzusichern, angekündigt, dass die Klappe nur Mittwochabend zwischen neunzehn Uhr und Mitternacht geöffnet sei. Da haben wir uns immer mit unserem Vorstand getroffen. Damit war eigentlich klar, dass niemand die inoffizielle Klappe nutzen würde, denn wer bekommt schon auf Termin ein unerwünschtes Baby? Und trotzdem geschah, womit niemand von uns gerechnet hatte. Plötzlich meldete der Sensor, dass etwas in unserer Babyklappe abgelegt worden war. Wir glaubten alle an einen Scherz, denn mutwillig ausgelöste Fehlalarme von politischen Gegnern gehörten damals dazu. Meine Schwester hat trotzdem nachgesehen. Mussten wir ja. Und dann stand Inge plötzlich in der Tür und hatte einen weinenden Winzling auf dem Arm. Meine Dörte."

Der Rest war schnell erzählt. Inge und Renate Jensen hatten den Säugling ins nächste Krankenhaus mit Säuglingsstation gebracht. Dort hatte man festgestellt, dass das Mädchen bereits einige Tage alt war. Die Mutter, oder wer immer das Kind in der provisorischen Babyklappe abgegeben hatte, war offenbar geplant vorgegangen. Das Jugendamt hatte sich eingeschaltet und als Renate Jensen anbot, zunächst für das Findelkind zu sorgen, war die Entscheidung schnell gefallen. Das Kind war gesund, die Insellehrerin hatte einen ausgezeichneten Leumund und das Jugendamt Gefallen an Problemen, die sich von selbst lösten. Und so kam Dörte mit Renate Jensen auf die Insel und blieb dort, weil die Behörde das Baby einfach vergaß. Vermutlich hatte das Jugendamt in den Nachwendejahren anderes zu tun, als Akten auf Wiedervorlage zu legen. Und das änderte sich auch nicht, bis das Mädchen erwachsen war.

„Und du hast sie dann Dörte genannt, Tante Renate? Wie bist du auf den Namen gekommen?" Klara war gespannt, aber Renate Jensen schüttelte den Kopf. „‚Sie heißt Dörte' stand auf einem kleinen Zettel, der mit in der Babyklappe gelandet war. Und aus Respekt vor der Mutter habe ich diesen Namen dann auch auf dem Standesamt eintragen lassen. Und Jensen als Nachnamen, obwohl wir nicht verwandt sind. Knut Schlieker hat mir dabei sehr geholfen."

Klara hörte aufmerksam zu. Dann blickte sie erst zu Klaas Harmsen und dann zu Renate Jensen. „Sag mal, lag außer dem Zettel mit dem Namen noch etwas in der Babyklappe?"

Renate Jensen überlegte nur kurz. „Nein, Dörte trug einen Strampelanzug und steckte in einem rosaroten Schlafsack. Es war Oktober und nachts schon etwas kühler. Nur eine Ersatzwindel war noch dabei. Das war alles."

„Renate, hast du die Sachen noch? Ich meine, den Strampler und den Schlafsack?" Harmens Stimme klang unruhig, fast zitterte sie. Renate Jensen sah ihn kurz an und erhob sich dann. „Ich weiß zwar nicht, warum das wichtig sein könnte, aber ja, ich habe die Sachen natürlich aufgehoben. Es waren die einzigen Hinweise auf Dörtes Herkunft." Dann stieg sie die Treppe hinauf. Klara blickte Harmsen fragend an. „Was ist, du wirkst so aufgewühlt?" Doch dem Pastor blieb keine Zeit zu antworten, denn Renate Jensen kam schon wieder die Treppe herunter, einen gestreiften Fotokarton in den Händen. Sie setzte ihn behutsam auf den Tisch und hob den Deckel ab. Dann breitete sie Strampler und Schlafsack auf dem Tisch aus. Auch die Ersatzwindel hatte sie aufgehoben.

Klara und Klaas Harmsen saßen jetzt schon seit zwei Stunden im *Godewind*. Gonzo hatte ihnen dreimal Williamsbirne nachgeschenkt. Der Schock stand Klara immer noch ins Gesicht geschrieben. „Und du hast das geahnt?", fragte sie.

„Ja!" Die Antwort war fast tonlos. „Rosarot war das Stichwort."

Als Renate Jensen den Strampler und den Schlafsack auf dem Tisch drapiert hatte, waren sowohl Klara als auch der Pastor bleich geworden. Der rosarote Schlafsack war mit einem eingewebten Wappen geschmückt. Es zeigte einen Pfau, der auf einer Weltkugel thronte. Schlagartig war Klara klargeworden, dass Renate Jensen natürlich nichts über die Mordwaffe wusste. Harmsen und Klara hatten dann auch intuitiv beschlossen, ihr weiterhin nichts darüber zu erzählen. Trotzdem hatte Klara gefragt, ob Tante Renate irgendeine Idee hätte, was es mit dem Wappen auf sich habe. Doch Renate Jensen konnte nur den Kopf schütteln. Sie habe alles versucht, diesem Geheimnis auf den Grund zu gehen, ohne Erfolg. Klara hatte darum gebeten, den Schlafsack ausleihen zu dürfen, sie wusste, dass sie ihn bei nächster Gelegenheit Knut Schlieker und wohl auch Hauptkommissar Krömer zeigen musste. Die Gelegenheit ergab sich bei dem Inselpolizisten schnell, denn er betrat wie auf Stichwort das *Godewind* und steuerte zielsicher auf Klara und Pastor Harmsen zu. „Darf ich?", fragte er kurz und nahm, ohne eine Antwort abzuwarten, Platz. Auf einen Wink des Pastors brachte Gonzo eine weitere Runde Williamsbirne.

„Das Obduktionsergebnis könnt ihr euch ja denken", begann Schlieker. „Jedenfalls die Todesursache. Aber die Leiche ist trotzdem noch nicht freigegeben. Da nicht auszuschließen ist, dass der Mord etwas mit Dörtes Schwangerschaft zu tun hat, finden jetzt auch noch umfangreiche Untersuchungen am Fötus statt. Vielleicht müssen wir ja jemandem später diese Vaterschaft nachweisen können.“ Schlieker war anzumerken, dass ihm der Fall und die besonderen Umstände sehr nahegingen. Er kippte sein Glas mit einem Zug. Gonzo verstand und goss sofort nach, Harmsen und Klara dagegen hatten an ihren Gläsern nur genippt.

„Wir rechnen damit, dass die Leiche von Dörte mitsamt ihrem Baby morgen freigegeben wird, dann kann Tante Renate sich um die Beerdigung kümmern, und du natürlich auch.“ Damit blickte der Polizist den Pastor an, der noch keinen Moment darüber nachgedacht hatte, dass die Aufgabe der kirchlichen Bestattung natürlich ihm zufallen würde.

„Und noch etwas“, Schlieker sah Klara und Harmsen an. „Es gibt zwei Touristen, die behaupten unabhängig voneinander, am Tag des Mordes einen jungen Mann mit rosarotem Schal gesehen zu haben. Beschreiben konnten sie ihn aber kaum, außer dass er eben jung und sportlich ausgesehen habe. Das ist immerhin ein Hinweis, der uns vielleicht später einmal nützen kann.“

Damit war Klara an der Reihe. Sie holte den Schlafsack aus ihrer Tasche und zeigte Schlieker das eingewebte Wappen. „In diesem Schlafsack lag Dörte damals in der Babyklappe“, sagte sie nur.

„Scheiße“, entfuhr es dem Inselpolizisten, der sofort begriff, dass der auffällige Schal als Mordwerkzeug damit eine neue Bedeutung erlangte. „Ich rede mit Krömer. Jetzt müssen wir großflächig nach diesem Wappen suchen. Oder sogar international. Ich muss den Schlafsack mitnehmen.“

„Das habe ich mir schon gedacht.“ Klara zückte ihr Handy, ein veraltetes Modell, aber Fotos machen konnte es immerhin. Auch Pastor Harmsen nahm sein Handy und beide machten Bilder von Schlafsack und Wappen. Dann überreichte Klara den Schlafsack an Schlieker. „Ich nehme nicht an, dass ihr noch Fasern oder ähnliches von früher findet.“

„Glaube ich auch nicht. Aber das Wappen werden wir ebenfalls fotografieren und dann geht es mindestens auf Europareise.“

Alle drei schwiegen eine Weile. Dann sagte Schlieker: „Ich war eben noch bei Renate. Sie ist seltsam gefasst. Ich habe Dörtes Fahrrad zurückgebracht. Die Spurensicherung hat es freigegeben.“

„Henning Clausen.“ Die Stimme klang jung und freundlich.

„Klara Klühs von der Insel Hiddensee“, meldete sich Klara. Sie hatte tatsächlich damit begonnen, Dörtes Telefonliste abzuarbeiten.

„Suchen Sie auch einen Vater für Ihr Baby?“ Die Stimme klang amüsiert.

„Ich nehme an, Dörte Jensen hat Sie vor einiger Zeit angerufen?“, nahm Klara das Gesprächsangebot sofort an.

„Hat sie, und das war ein leicht merkwürdiger Anruf, noch dazu, weil meine Freundin bei diesem Telefonat in der Küche stand und gekocht hat. Erst nur Spaghetti, dann aber selbst. Die fand das nicht wirklich lustig. Und Sie sind heute schon die Zweite, die deshalb anruft. Ist was passiert?"

Klara kombinierte messerscharf, dass auch Hauptkommissar Krömer mit der Abfrage potenzieller Kindsväter begonnen hatte. Er schloss also ebenfalls einen Zusammenhang zwischen Schwangerschaft und Mord nach wie vor nicht aus, oder war das nur Routine?

„Ich nehme an, Sie haben schon mit Kommissar Krömer gesprochen."

„So hieß er, ja. Aber er hat nicht gesagt, warum er das wissen wollte. Und ich war so perplex, da habe ich glatt vergessen zu fragen."

Klara sah keinen Grund, die Wahrheit zu verschweigen.

„Dörte, die Sie damals angerufen hat, ist ermordet worden. Sie war eine sehr gute Freundin und deshalb interessiert mich auch, wer der Vater ihres Kindes ist."

„Ich bin es nicht." Die Stimme klang nun etwas gedrückt. „Tut mir leid, dass ich Ihnen nicht weiterhelfen kann. Das heißt, eigentlich bin ich froh darüber." Damit legte er auf. Fehlanzeige. Klara atmete tief ein und aus. Das war jetzt das dritte Telefonat gewesen. Bei Henning Abel hatte sie sofort an der Stimme gemerkt, dass dieser nicht als Vater infrage kam. Zur Kontrolle hatte sie vorgegeben, eine statistische Erhebung zu machen, und Henning Abel nach seinem Alter gefragt. „Vierundachtzig", klang es sehr rüstig und in Feldwebelmanier aus dem Hörer. Klara hatte lachend festgestellt, dass er damit nicht mehr Zielgruppe für ihre kleine Umfrage sei, und sich daraufhin verabschiedet. Henning Böttcher, der zweite auf der Liste, war gar nicht selbst ans Telefon gegangen. Seine Mutter hatte den Anruf entgegengenommen und mitgeteilt, dass ihr Sohn seit sieben Monaten ein Staudammprojekt in Chile leite und seitdem nicht mehr in Deutschland gewesen war. Die leutselige Mutter gab bereitwillig Auskunft, ohne Klara nach dem Grund ihres Anrufes zu fragen. Wahrscheinlich war sie sehr stolz auf ihren erfolgreichen Sohn und freute sich darüber, das auch zeigen zu können. Der Nächste auf der Liste war Henning Dinse.

„Habt ihr Mädels keine eigenen Kerle auf der Insel?" Der Typ war unangenehm. Und Klara ahnte, was Dörte bei der Suche nach dem Vater ihres Kindes erlebt haben musste. Sie blieb sachlich und betont förmlich. „Herr Dinse, ich weiß, mein Anliegen mag für Sie seltsam klingen, aber meine Informationen sind dürftig. Ich suche einen jungen Mann aus Greifswald und habe als Hinweis nur den Vornamen Henning."

„Ich weiß, das hat dieser komische Hauptkommissar auch gesagt. Im Gegensatz zu dem würde ich mit Ihnen aber sogar vögeln. Also, was ist?"

Klara hatte aufgelegt. Sollte Krömer sich doch um Henning Dinse kümmern. Sie hatte fürs Erste genug, war sich aber sicher, dass Henning Dinse als Kandidat ausschied. So gut hatte sie Dörte dann doch gekannt. Der unangenehme Typ schwirrte Klara dennoch eine ganze Weile im Kopf herum. Ehrlich, Ewerts, Friedmann und Friese lauteten die nächsten Namen auf Dörtes Liste, aber Klara war die Lust aufs Telefonieren erst einmal vergangen. Sie brauchte jetzt einen Tee. Am Mittag würde sie die kleine Inselbücherei zum ersten Mal im neuen Jahr öffnen. Das Leben musste ja weitergehen, und Klara wusste, dass vor allem ihr junges Publikum diesen Zeitpunkt herbeisehnte. Klara füllte den Tank des kleinen Wasserkochers und setzte ihn auf den Aufsatz. Schnell hatte sie heißes Wasser und goss damit einen grünen Tee auf, den sie nur kurz ziehen ließ. Sie wollte gerade an der heißen Flüssigkeit nippen, als ihr Telefon klingelte. Es war Hauptkommissar Krömer.

„Danke, dass Sie bei Renate Jensen noch einmal nachgehakt haben", sagte Krömer. „Ich weiß zwar nicht, wo uns das Wappen hinführen wird, aber der Fall ist jetzt ausgesprochen spannend. So was kannte ich bisher nur aus Krimis."

„Irgendwie britisch", entgegnete Klara, die bemerkte, dass sie Krömer wirklich mochte. „Ich nehme an, Sie sind da aber noch nicht weitergekommen?"

„Das kann dauern. Wir haben jetzt eine internationale Abfrage laufen. Und morgen haben wir das Bild in den regionalen Zeitungen. Außerdem überprüfen wir alle Krankenhäuser und Hebammen in der Region bezüglich ihrer Geburten vor dreiundzwanzig Jahren. Ich glaube aber kaum, dass wir da fündig werden. Trotzdem: Irgendwo muss Dörte ja zur Welt gekommen sein."

„Ich habe telefoniert."

„Mit einem der zahlreichen Hennings? War Dinse auch schon dabei?" Krömer lachte am anderen Ende der Leitung.

„Nicht unbedingt eine angenehme Erfahrung."

„Dann überlassen Sie das doch uns." Die Stimme klang plötzlich ernst. „Ich finde, Sie sollten Ihre Recherchen auf die Insel beschränken. Ich gebe zu, das hat uns wirklich geholfen. Aber der Rest ist klassische Polizeiarbeit und eben kein Miss-Marple-Krimi."

Klara war ein bisschen beleidigt, obwohl sie wusste, dass Krömer im Grunde genommen recht hatte. Dennoch konnte sie ihre Neugierde nicht im Zaum halten. „Haben denn die Untersuchungen am Fötus etwas Auffälliges ergeben?"

„Das haben sie", sagte Krömer. „Aber tut mir leid, das kann ich Ihnen wirklich nicht sagen und auch Knut Schlieker wird seine Klappe halten, wenn er nicht ein Disziplinarverfahren riskieren will." Damit hatte der Hauptkommissar das Gespräch beendet, und jetzt kochte Klara innerlich, obwohl ihr auch hier klar war, dass Sven Krömer gar nicht anders konnte. Hätte er dann nicht besser gleich selbst die Klappe gehalten? Oder wollte er sie sogar anstacheln, weiter nach der Wahrheit zu suchen? Sie wusste es nicht. Aber aufgeben würde sie nie und nimmer.

Die nächsten Tage brachten ein Stück Normalität zurück auf die kleine Insel. Der Mord war zwar nicht vergessen, aber der Alltag kehrte wieder ein in Kloster, Vitte und Neuendorf. Klara öffnete ihre Bücherei täglich, die üblichen Gören belagerten den Lesesaal und lungerten auf dem großen blauen Lesesessel herum und auch Hilde Schlieker war vorbeigekommen, um ihren Sophie-Benning-Roman gegen *Sprung in der Schüssel* von Angelika Lauriel einzutauschen. Damit war sie wieder für ein paar Tage versorgt.

Die Rechtsmedizin hatte Dörtes Leiche samt Baby freigegeben und morgen sollte die Beerdigung sein. Klara wollte deshalb gemeinsam mit dem Pastor am Abend noch einmal bei Tante Renate vorbeischauen, die das Angebot von Jasper Wolter, sie krankzuschreiben, abgelehnt hatte. Renate Jensen wollte den Schulbeginn nicht versäumen. Sie ahnte, dass es auch unter den Schülern und Schülerinnen Fragen geben würde, und wer, wenn nicht sie, sollte den Kindern antworten.

Die Suche nach dem jungen Mann mit dem rosaroten Schal, der am Abend vor dem Mord auf der Insel gesehen worden war, hatte keinen Erfolg gehabt. Auch die Spurensicherung hatte keine Hinweise gefunden, wie der Täter auf die Insel und danach von dort wieder weggekommen war. Knut Schlieker vermutete, dass der Mörder wohl ein kleines Boot benutzt hatte. Das war möglich, und wohl auch die beste Art, unentdeckt nach Hiddensee zu gelangen. Wenn er mit dem Boot an einer unübersichtlichen Stelle angelegt und sich durch das Gebüsch geschlagen haben sollte, dann hätte die Natur mittlerweile das ihrige getan, um die Spuren zu verwischen, und nur Kommissar Zufall würde hier noch zu einem Ermittlungserfolg führen können. Schlieker hatte diesbezüglich allerdings alle Hoffnungen begraben. Und Klara? Telefoniert hatte sie nicht mehr. Die nächsten Namen auf ihrer Liste waren weiterhin Ehrlich, Ewerts, Friedmann und Friese.

Klaas Harmsen hatte schon einige Menschen auf der Insel beerdigt, aber nie war ihm seine Aufgabe so schwer gefallen wie bei Dörte Jensen. Zur Trauerfeier platzte die kleine Kirche in Kloster aus allen Nähten. Die Eingangstür war offen geblieben, und draußen in der Kälte standen die Menschen und hörten auf die Worte des Pastors, die über einen Lautsprecher auch außerhalb des Kirchraums zu vernehmen waren. Oft musste Harmsen schlucken, er kämpfte offenbar mit den Tränen. Dennoch machte er zugleich einen souveränen Eindruck, der keinen Zweifel daran ließ, dass er der Aufgabe, Dörte zu beerdigen, sehr wohl gewachsen war. Klara saß in der ersten Kirchenbank neben Renate Jensen und hielt deren Hand. Sie hielt sie noch, als die Trauergemeinde aufbrach, um Dörte das letzte Geleit zu geben.

Der Hiddenseer Friedhof atmete Geschichte. Seit Jahrhunderten begruben dort die Insulaner ihre Angehörigen. Meist waren es einfache Gräber und dass hier keine reichen Menschen begraben lagen, davon zeugten auch die Steine. Viele waren aus schlichtem Material. Diese Einfachheit wirkte warm und menschlich. Harmsen mochte den Friedhof, auf dem die Gräber fast durchgehend mit grünen Büschen eingerahmt waren. Auch einige prominente Zeitgenossen lagen hier. Manche Grabstätten hatten sogar Kultstatus, wie die von Gret Palucca oder Gerhart Hauptmann. Aber auch diese fielen nicht durch ihre Gestaltung auf und passten so zur Stimmung des Inselfriedhofs. Klara mochte diesen Ort der Erinnerung und der Stille ebenfalls, nur Dörte, das empfand sie schmerzhaft, hatte hier noch nichts zu suchen. Pastor Harmsen hatte in seiner Ansprache deutlich gemacht, dass der Abschied zwar unbegreiflich, jetzt aber eben auch unvermeidlich war. Klara spürte einmal mehr, dass rituelle Handlungen und Formeln Halt gaben. Als sie ans Grab trat, um eine Rose auf den Sarg zu werfen, wären ihr dennoch fast die Beine weggesackt, aber Harmsen hatte sie am Arm gehalten, genauso, wie er es bei Renate Jensen getan hatte. Dann waren sie zur Seite getreten und hatten der Trauergemeinde Gelegenheit gegeben, Abschied zu nehmen. Erstaunt bemerkte Klara, dass auch die neuen Mühlenbewohner unter den Trauergästen waren. Sie hätte niemals damit gerechnet, dass die Inselfremden Dörte das letzte Geleit geben würden. Inmitten der Einheimischen fielen sie auf. Er trug einen dunklen Kaschmirmantel und hatte seine langen grauen Haare zu einem Pferdeschwanz zusammengebunden. Sie war in einen modisch taillierten Wintermantel mit hohem Kragen gekleidet. Ihr rotes Haar wehte offen im Wind. Dem Paar sah man an, dass es sowohl Geld als auch Stil besaß. Klara hatte beide erst zwei oder drei Mal gesehen, seitdem sie die restaurierte Mühle bezogen hatten. Sie hatte vermutet, dass sie die Einsamkeit der Insel suchten und nicht nach Kontakten. Umso mehr wunderte sie sich nun. Wieso waren beide hier? Offenbar hatte sie den Mann, er mochte wohl Anfang sechzig sein, etwas zu intensiv betrachtet, denn dieser erwiderte ihren Blick und sah ihr dabei fest in die Augen. Irgendetwas an ihm irritierte Klara. Um sich darüber Gedanken zu machen, war jetzt keine Zeit. Tante Renate stand neben ihr und brauchte sie.

Später saßen sie noch bei Pastor Harmsen im Wohnzimmer zusammen, Klara, Renate Jensen, Knut und Hilde Schlieker und Gonzo. Harmsen hatte Klara und Renate Jensen bereits am Vorabend eingeladen, weil er wusste, dass beide nach der Beerdigung wohl kaum alleine sein wollten. Den Schliekers und Gonzo ging es offenbar ähnlich und so hatte sich die seltsame Gruppe gemeinsam aufgemacht, um beim Pastor noch miteinander zu reden und Schnaps zu trinken. Hilde Schlieker galt als eher wortkarg, heute aber war sie dabei und auch bei der Sache. „Habt ihr die Mühlenbewohner gesehen? Was wollten die denn da?“

„Hilde!“ Knut Schlieker schaute seine Frau besorgt an. Sie sprach doch sonst nicht viel in Gesellschaft. Aber Hilde hatte wohl beschlossen, heute mal eine Ausnahme zu machen.

„Was denn? Klara hat auch seltsam geguckt. Ich hab‘s gesehen. Die kommen da einfach auf unsere Beerdigung. Sogar ans Grab gegangen sind sie. So, als würden sie dazugehören.“

„Hilde!“ Knut Schliekers Ton wurde strenger.

„Ist doch wahr. Was haben die mit unserer Dörte zu tun?“ Hilde Schlieker griff bereits zum vierten Mal nach der Schnapsflasche, dabei trank sie sonst nie. Pastor Harmsen blickte mit einer Mischung aus Verunsicherung und Belustigung auf das Geschehen. Auch Renate Jensen und Klara schauten Hilde Schlieker an.

„Im Supermarkt hat der mich schon gelöchert wegen der Dörte. Ich sei doch die Frau vom Polizisten. Wie denn das damals gewesen sei, als die Renate die Dörte mit auf die Insel gebracht hat.“ Hilde Schlieker hatte auch dem vierten doppelten Schnaps ohne großes Innehalten den Garaus gemacht. Bevor sie aber ein fünftes Mal nach der Flasche greifen konnte, war Gonzo ihr zuvorgekommen, hatte sich nachgeschenkt und die Flasche dann außer Reichweite wieder abgestellt. Hilde sah Gonzo missmutig an, vergaß aber ihr Mitteilungsbedürfnis nicht. „Richtig ausfragen wollte der mich. Als ob den das was anginge. Der ist schließlich nicht von hier.“

Knut Schlieker war die ungewohnte Redseligkeit seiner Frau sichtlich unangenehm. Dennoch blieb er stumm.

„Das ist merkwürdig." Gonzo klang nachdenklich. „Mich hat die Lady versucht auszuhorchen."

„Wer?", die Frage kam gleichzeitig von Harmsen und Klara.

„Na, die Rothaarige", antwortete Gonzo.

„Die ist gefärbt", gab Hilde noch einmal Laut, ihre Artikulation ließ aber schon deutlich zu wünschen übrig. Irgendwie hatte sie es geschafft, die Schnapsflasche wieder in ihre Nähe zu bugsieren und sich ein weiteres Mal zu bedienen. Gonzo ließ sich nicht beirren. „Das war zwei Tage vor Silvester. Ich habe vorm *Godewind* die Speisekarte im Schaufenster gewechselt, da hat sie mich angesprochen. Dass die Dörte ja auch immer ins *Godewind* komme. Und ob ich eigentlich wüsste, wie das damals mit der Dörte gewesen sei, als sie auf die Insel kam. Also genau dasselbe, was sie die Hilde gefragt haben."

„Genau", bestätigte Hilde. Renate Jensen, Pastor Harmsen und Klara wechselten Blicke. Knut Schlieker räusperte sich. „Und warum hast du mir davon nicht schon früher erzählt?" Die Frage galt seiner Frau, aber vermutlich wollte er den anderen gegenüber zeigen, dass auch ihm diese Informationen völlig neu waren. Doch Hilde Schlieker würdigte ihren Mann keiner Antwort, allerdings nicht in böser Absicht. Sie war weggeduselt.

Klara hatte schlecht geschlafen. Das ging jetzt schon einige Tage so. Seit der Beerdigung von Dörte arbeitete in ihrem Kopf, was Gonzo und Hilde Schlieker berichtet hatten. Seit diesem Tag kreiste die Frage in ihrem Kopf, warum sich die Mühlenbewohner für Dörte interessiert hatten. Sie hätte einfach hingehen können und fragen, aber irgendetwas hatte sie in den letzten Tagen davon abgehalten. Dabei war sie sich sicher, dass Knut Schlieker dieser Spur längst nachgegangen war und er oder sogar Hauptkommissar Krömer der restaurierten Mühle einen Besuch abgestattet hatten. Sie kochte sich einen Roibuschtee und schlüpfte in ihre grauen Filzpantoffeln und den dicken blauen Frotteebademantel. Beides war ihr mindestens zwei Nummern zu groß. Sie hatte noch Zeit, denn die Bücherei würde sie erst am Nachmittag öffnen. Seit drei Tagen waren die Schulferien vorbei, und ihre junge Kundschaft würde frühestens gegen drei bei ihr auflaufen. Sie stieg die Treppe zur Bücherei hinunter und setzte sich mit ihrer Tasse in den großen Lesesessel. Was sollte sie nun tun? Sie würde Klaas Harmsen anrufen und ihn fragen, ob er sie nicht zur Mühle begleiten wollte. In diesem Moment klopfte es an der Tür. Hauptkommissar Krömer stand davor. Er hatte Klara bereits gesehen und winkte. Klara errötete, nicht nur vor Freude. Sie hatte nicht damit gerechnet, in diesem Outfit überrascht zu werden. Es hatte nicht nur Vorteile, wenn Wohnung und Arbeitsplatz räumlich ineinander übergingen, das hatte sie sich schon einige Male gesagt. Aber es war andererseits auch sehr bequem. Sie überlegte kurz, ob sie dem unerwarteten Besucher signalisieren sollte, dass sie sich schnell umziehen wollte, entschied sich aber dagegen und ließ ihn herein.

„Nichts mehr im Kleiderschrank gefunden?“, frotzelte Krömer. Doch er klang freundlich und keinesfalls despektierlich.

„Kein eigenes Zuhause?“, konterte Klara in Anbetracht der frühen Uhrzeit, denn es war gerade mal acht.

„Ich bin schon seit gestern auf der Insel und habe im *Godewind* übernachtet. Ich habe das Ehepaar Hinz in der alten Mühle besucht. Sie ahnen, warum?“

Hinz hieß das Ehepaar also. Irgendwie empfand Klara den Namen als zu schlicht für das Auftreten der beiden stilsicheren Figuren. Aber was waren schon Namen. Hauptkommissar Krömer schien Klaras Gedanken zu erahnen.

„Charlotte und Frederic Hinz sind ein Künstlerehepaar. Er malt und sie schreibt. Beide recht ambitioniert, wenn Sie meine laienhafte Meinung dazu wissen wollen.“

„Und warum haben die sich so für Dörte interessiert?“

Krömer zögerte und sah Klara in ihrem überdimensionierten Bademantel ernst an.

„Kann ich auch einen Tee haben?“

Fünf Minuten später hielt Sven Krömer eine Tasse mit dampfender Flüssigkeit in den Händen.

„Heisch“, nuschelte er, nachdem er daran genippt hatte. Dann berichtete er von seinem Besuch in der Mühle und dass das Ehepaar auf seine Fragen eher reserviert reagiert hatte.

„Und was haben sie gesagt?“ Klara war die Spannung jetzt anzumerken.

„Frederic Hinz hat behauptet, sie seien auf der Suche nach einer entfernten Verwandten gewesen. Diese sei vor mehr als zwanzig Jahren durch einen unglücklichen Umstand von ihrer Mutter getrennt worden. Mehr war aus ihm nicht herauszukriegen. Und Charlotte Hinz bat um Verständnis, dass sie mehr erst sagen könnte, wenn sie ganz sicher sei, dass es sich bei Dörte tatsächlich um das vermisste Kind handele. Ich habe sofort alles in Bewegung gesetzt und lasse jetzt die Verwandtschaftsverhältnisse von Familie Hinz klären. Zu einer Aussage zwingen kann ich sie nämlich nicht."

„Merkwürdig", dachte Klara laut nach. „Die sind jetzt seit Monaten hier auf der Insel und suchen angeblich nach einem verschollenen Kind. Da gibt es ja nicht so viele, die auf Hiddensee dafür in Frage kommen."

„Mindestens noch eines." Hauptkommissar Krömer lächelte. „Gleiches Alter wie Dörte. Lebt bei Adoptiveltern in Neuendorf. Charlotte Hinz weiß das auch, und das, obwohl Behörden sowas ja gar nicht öffentlich machen dürfen. Ich habe keine Ahnung, woher Familie Hinz ihre Informationen hat. Sagen wollten sie es mir jedenfalls nicht."

„Und wer ist das andere Kind?" Klara hatte kurz in ihrem Gedächtnis gekramt. Vom Alter her kamen nur zwei junge Frauen infrage. So viele Bewohner hatte der südlichste Ort auf Hiddensee nicht. „Bei den Südern können das ja nur Inge Franke oder Hanne Schluck sein."

„Südern?" Krömer schaute interessiert.

„So nennt der Rest der Insel die Einwohner von Neuendorf. Auch wenn auf Hiddensee nur gut tausend Menschen leben, so machen wir doch Unterschiede.“ Klara lachte. „Und obwohl Neuendorf nur sechs Kilometer von Vitte entfernt liegt, sprechen die Leute dort einen anderen Dialekt. Es ist schon erstaunlich, was die Geschichte mit uns Menschen macht.“ Sie lief bei ihrer Inselrunde gerne durch das kleine Dorf im Süden der Insel. Neuendorf glich eigentlich einer großen Wiese. Die Häuser dort wirkten wie an einer Schnur aufgereiht. Angelegte Wege gab es nur wenige, sodass die kleinen, meist weiß getünchten Reetdachhäuser nur auf direktem Weg über die Wiese zu erreichen waren. Neuendorf hatte seinen ursprünglichen Charakter eines alten Fischerdorfes über die Jahrhunderte behalten. Zäune gab es keine, der Ort vermittelte ein Gefühl von Freiheit, was Klara liebte. Im Neuendorfer Gasthaus Freese hatte Hans Fallada damals das Manuskript zu seinem Roman *Kleiner Mann – was nun?* fertiggestellt. Daran musste Klara oft denken. Ein Grund, das Dorf zu lieben, ebenso wie das direkt angrenzende Vogelschutzgebiet, das für die Öffentlichkeit nicht zugänglich war.

„Eine von beiden ist es jedenfalls.“ Krömer brachte Klara zurück ins Hier und Jetzt. „Leider darf ich Ihnen nicht sagen, wer. Aber in Neuendorf erinnern sich einige Leute noch daran, wie dick damals der Bauch von Ulrike Franke war.“ Der Hauptkommissar zwinkerte Klara zu.

Ein Handy machte sich bemerkbar. Klara erkannte den Klingelton *An der Nordseeküste*. Krömer griff nach seinem Handy und murmelte entschuldigend: „Kleiner Scherz meiner Ältesten. Sie weiß, dass das eher peinlich für mich ist. Ich weiß aber nicht, wie ich's abstellen kann." Dann nahm er das Gespräch an. Schon während Krömer telefonierte, registrierte Klara, dass es Neuigkeiten in Sachen Pfau und Weltkugel gab.

Kurze Zeit später bat Krömer Klara um einen zweiten Becher Tee. Was er zu erzählen hatte, verwirrte sie zunächst. Der Pfau auf der Weltkugel war in Südfrankreich aufgetaucht, ebenfalls eingewebt in einen rosaroten Schal.

„Und wer hat ihn gefunden?"

„Die französische Polizei. Auch da steht der Schal offenbar im Zusammenhang mit einem Mord. Genaueres weiß ich noch nicht. Die Kollegen haben gerade erst den Anruf aus dem Département Hérault erhalten. Unsere europaweite Suche hat tatsächlich einen Treffer ergeben. Ich muss gehen."

„Sagen Sie mir etwas, wenn Sie mehr wissen?" Klara kannte die Antwort bereits.

„Meine liebe Insel-Miss-Marple", Krömer lächelte freundlich. „Selbst wenn ich wollte, ich dürfte nicht. Aber vielleicht versuchen Sie Ihr Glück nochmal bei dem Ehepaar Hinz in der alten Mühle. Sie waren ja bis jetzt wirklich erfolgreich. Für eine Amateurin sogar sehr."

Wieder spielte das Handy von Krömer *An der Nordseeküste*.

„Und wenn ich Ihnen zeige, wie Sie den Klingelton ändern können?"

Doch da war der Hauptkommissar schon aus der Tür und im gerade einsetzenden Schneetreiben verschwunden.

„Klara?“ Klaas Harmsen war sofort am Apparat gewesen. Klara musste dem Pastor unbedingt vom Besuch Krömers erzählen und von der Wendung, die der Fall gerade zu nehmen schien. Der rosarote Schal in Frankreich ging ihr nicht mehr aus dem Kopf.

„Und mehr hat der Hauptkommissar nicht gesagt?“

„Wer der oder die Ermordete ist, wusste er wohl selbst noch nicht. Die Informationen sind ganz frisch. Und sicher wollen die Franzosen auch ein paar Dinge von Krömer wissen.“ Klara dachte laut weiter. „Vermutlich waren die genauso auf der Suche nach der Bedeutung des Wappens wie wir. Ich wüsste zu gerne mehr über den Fall in Südfrankreich. Vielleicht würden wir ja eine Verbindung erkennen.“ Klara seufzte. „Aber Sven Krömer hat schon gesagt, dass er mir keine Informationen geben darf.“

„Und ich fürchte, auch Knut wird dichthalten“, lachte Harmsen. „Vielleicht sollten wir seine Frau noch mal zum Plaudern bringen.“

Jetzt lachte auch Klara, die daran dachte, dass Hilde Schlieker nach Dörtes Beerdigung reichlich Quasselwasser in Form von Schnaps zu sich genommen hatte. „Nee, da wird nichts zu holen sein. Ist aber auch zu blöd, dass ich niemanden da unten kenne und auch kein Französisch spreche. Sonst könnte ich wenigstens im Internet nach Morden in der Region suchen."

„Mhhh, mein Französisch ist auch eher mäßig." Nun dachte Pastor Harmsen laut nach. „Aber ich kenne jemanden in der Gegend, den ich um Informationen bitten könnte."

„Was, und das sagst du erst jetzt?" Klara hatte sofort Feuer gefangen. „Wen?"

„Norbert Holtgreve, einen alten Dozenten von mir. Mittlerweile emeritiert. Kirchenhistoriker. Ich hatte mal ein Seminar über die Waldenser bei ihm. Das war sein Spezialgebiet, und das hat er auch im Ruhestand nicht aufgegeben. Im Mittelalter gab es in Mérindol mehrere Waldensersynoden. Und da er immer noch forscht, ist er nach Aix-en-Provence gezogen, das ist ganz in der Nähe. Er hat's nicht weit zum Meer, ist schnell in den Bergen des Luberon, eigentlich ein tolles Leben. Auch ins Languedoc ist es nur ein Katzensprung."

Harmsen war ins Schwärmen gekommen, aber Klara wollte zurück zum Thema. „Und, hast du seine Nummer?"

„Nummer nicht, aber eine Mailadresse. Ich hoffe, sie ist noch aktuell. Ich schreib ihm. Da wird er sich freuen. Und du, besuchst du das Ehepaar Hinz? Soll ich vielleicht mitkommen?"

Klara fand das eine hervorragende Idee. Sie verabredeten sich für den Abend zu einem gemeinsamen

Besuch in der alten Mühle. Jetzt musste sich Klara aber auf die nachmittägliche Öffnung ihrer Bücherei vorbereiten. Vielleicht sollte sie noch etwas anderes anziehen. Der Bademantel war zwar bequem, aber die Besucher, insbesondere die Kinder hätten sich sicher gewundert. Sie hatten Respekt vor der Bibliothekarin, und Klara fand, das sollte auch in Zukunft so bleiben.

Als Klara die kleine Bücherei am späten Nachmittag abschloss, hatte sie gute Laune. Sieben Mädchen und ein Junge hatten den ganzen Nachmittag bei ihr verbracht und sie mit Fragen über Pippi Langstrumpf gelöchert. Offenbar hatte es über den Jahreswechsel im Fernsehen die Wiederholung alter Filme mit Inger Nilsson in der Rolle der rothaarigen Neunjährigen gegeben und jetzt wollten die jungen Zuschauerinnen wissen, wie sie selbst zum stärksten Mädchen der Welt werden könnten. Auch Lara Schlieker, die Enkelin von Knut und Hilde, und Lena Hübner, die Tochter von Piet und Birthe, gehörten zur Stammkundschaft der Bücherei. Die Namen der Kinder spiegelten wieder, wie sich die Zeiten änderten, fand Klara. Nur Björn, der einzige Junge in der Gruppe, trug einen alten nordischen Namen. Er hoffte, dass auch er so stark wie Pippi Langstrumpf sein könnte. Klara verneinte das mit Bedauern, wohl wissend, dass sie damit pädagogisch nicht ganz korrekt handelte. Björn würde diesen Schock bestimmt überstehen. Die Mädchen freuten sich dagegen sehr über ihre neue Heldin und Klara wurde wieder einmal bewusst, dass gute Geschichten unsterblich sein konnten.

Sie war mit Pastor Harmsen im *Godewind* verabredet. Dort wollten sie gemeinsam etwas essen und über das weitere Vorgehen beratschlagen. Harmsen saß bereits an einem Tisch in der Ecke, als Klara den Gastraum betrat.

„Und, Mr. Stringer?“ Klara sah Harmsen neugierig an. „Ergebnisse?“

Der Pastor grinste. „Ich habe meinem alten Professor gleich eine Mail geschickt. Und zack! Keine zwei Stunden später hatte ich eine Antwort. Ich habe sie dir ausgedruckt.“ Er reichte Klara ein zusammengefaltetes Blatt und sie las: „Lieber Klaas Harmsen. Ich habe mich wirklich sehr gefreut, nach so langer Zeit einmal wieder von Ihnen zu hören. Habe ich das richtig verstanden? Sie sind jetzt unter die Detektive gegangen? Ich erinnere mich: Neugierde war schon immer eine besondere Triebfeder bei Ihnen. Wissen Sie noch, dass ich zu Ihnen gesagt habe, Sie hätten auch ein guter Kirchenhistoriker werden können? Die Arbeit des Quellenstudiums ist der eines Detektivs durchaus vergleichbar. Aber Sie wollten ja unbedingt zum Bodenpersonal und Pastor werden. Nun gut, übermäßig viele gute Prediger und Seelsorger hat unsere Kirche auch nicht unbedingt. Insofern sei Ihnen Ihre Laufbahn verziehen. Was nun Ihre Frage betrifft: Ich musste da ein bisschen recherchieren. Tatsächlich haben die Behörden hier in der Region über die Presse nach einem Wappen gesucht, wie Sie es in Ihrer Mail beschrieben haben. Ein Pfau, der auf einer Weltkugel thront. Natürlich ist das ein Symbol, das in der Tradition der frühen Kirche zu finden ist, wenn auch selten. Aber das wissen Sie vermutlich schon, und ich will nicht abschweifen, obwohl es mir in Mails schwerfällt, mich kurz zu fassen. Jedenfalls, von einem rosaroten Schal war in diesem Zusammenhang nicht die Rede. Auch nicht von einem Mord, mit dem das Wappen in Zusammenhang gebracht worden ist. Deshalb habe ich noch weiter recherchiert. Die Veröffentlichung mit der Suche nach dem Wappen war Ende September, genau am dreißigsten stand es in den Zeitungen. Drei Tage vorher hatten die Medien über den Mord an einem unbekannten jungen Mann berichtet, der ohne Papiere nahe Sète im Canal du Midi gefunden worden und schwer zu identifizieren war. Normalerweise wird bei Nachrichten dieser Art auch ein retuschiertes Foto des Toten veröffentlicht, was aber unterblieb. Vielleicht war die Leiche nicht mehr ansehnlich genug. Mehr konnte ich in der Kürze der Zeit nicht herausfinden, hoffe aber, das hilft Ihnen fürs Erste weiter. Wenn Sie mögen, besuchen Sie mich mal. In der Provence ist es wunderschön. In alter Verbundenheit, Ihr Professor em. Norbert Holtgreve.“

Klara legte die Mail beiseite. Das war doch eine Spur. „Jetzt denk mal nach.“ Sie war ganz aufgeregt. „Dörte hat im Oktober festgestellt, dass sie schwanger ist. Wir wissen aus ihrem Tagebuch, dass sich Henning wegen einer Familiengeschichte in Südfrankreich aufhielt. Irgendwann hat Dörte dann angefangen, nach dem Vater ihres Kindes zu suchen, weil der sich nicht mehr bei ihr gemeldet hatte..."

„Was er auch nicht konnte", setzte Harmsen den Satz fort, „weil er bereits ermordet im Canal du Midi aufgefunden worden war. Mordwaffe: ein rosa Schal mit Wappen."

Klara fröstelte. Der Zusammenhang schien plötzlich so plausibel. Ob Kriminalhauptkommissar Krömer die gleichen Schlüsse gezogen hatte? Wenn sie nur wüsste, wie der Vater von Dörtes Kind mit Nachnamen hieß. Sie beschloss, zu Hause noch einmal Dörtes Namensliste durchzugehen. Vielleicht hatte sie ja etwas übersehen. Auch Pastor Harmsen schien sichtlich aufgeregt. „Gehen wir noch zur alten Mühle?"

„Selbstverständlich", antwortete Klara. „Irgendeine Beziehung muss ja bestehen zwischen Dörte und dem Ehepaar Hinz." Wieder hatte Klara das Gefühl, der Lösung ganz nahe zu sein. Welche entscheidenden Puzzleteile fehlten wohl noch?

„Also, wie gehen wir vor?" Pastor Harmsen freute sich auf die gemeinsame Mission mit Klara. Auch er hatte spürbar Gefallen an den gemeinsamen Ermittlungen gefunden.

„Ganz einfach, wir klingeln und fragen."

„Wir haben Sie erwartet!" Charlotte Hinz wirkte angespannt, als sie die Tür der alten Mühle öffnete, bat die

Gäste aber dennoch freundlich herein. Ihr rotes Haar, von dem Hilde Schlieker sachkundig festgestellt hatte, dass es gefärbt sei, war unter einem weißen Tuch zu einem Knoten zusammengebunden. Klara und der Pastor folgten Charlotte Hinz ins Innere der Mühle. Gleich im Eingangsbereich hing eine Fotografie. Sie zeigte zwei Jungen, vielleicht drei und acht Jahre alt, die auf einer Bank vor einem hochherrschaftlichen Haus saßen. Klaras Blick streifte die Kindergesichter im Vorbeigehen. Sie zuckte kurz, ihr Unterbewusstsein schien mit diesem Bild etwas zu verbinden. Aber das konnte nicht sein. Einen Moment später hatte sie das Foto schon wieder vergessen. Das Erdgeschoss bestand aus einem einzigen großen Raum der sowohl Küche, Wohnzimmer als auch Bibliothek zu sein schien, davon zeugten zahlreiche Bücher in einem großen Holzregal, dem Klara ein paar neugierige Blicke schenkte. An der Wand hingen Bilder, wilde und sehr farbige Kompositionen verschiedener Maltechniken, die in starkem Kontrast zum eher traditionellen Mobiliar aus hellem Holz standen. Sie passten dennoch ausgezeichnet in diesen Raum. Das Ehepaar Hinz besaß tatsächlich eine außergewöhnliche Stilsicherheit gepaart mit Gestaltungswillen. Pastor Harmsen betrachtete gerade aufmerksam eine Komposition in Blau, bei der offenbar durch eine Wischtechnik verschiedene Farbabstufungen übergehend in ein Violett erzeugt worden waren. Über diese blau-violette Fläche verlief ein blutroter breiter Streifen von links unten nach rechts oben.

„Gefällt es Ihnen?" Frederic Hinz stieg, gefolgt von einem alten Collie, die Holztreppe herab. Im

Obergeschoss der Mühle mochten wohl Bad und Schlafzimmer untergebracht sein. „Ich habe es *Gestörte Ordnung* genannt."

„Interessant", erwiderte Pastor Harmsen, dem im Moment keine intelligentere Entgegnung einfiel und der an Klaras Blick sah, dass sie sonst qualitativ ausdrucksstärkere Antworten von ihm gewohnt war. Frederic Hinz lachte. „Ja, es ist schwer, für bildende Kunst Worte zu finden. Manchmal frage ich mich selbst, ist das Kunst oder kann das weg? Kunst ist eine Gratwanderung. Die Kunst der Sprache übrigens auch. Ich finde, Sie haben diese Gratwanderung bei Dörte Jensens Beerdigung hervorragend gemeistert." Frederic Hinz wollte offenbar signalisieren, dass er genau wusste, warum die abendlichen Gäste gekommen waren. „Und jetzt wollen Sie natürlich wissen, warum die neuen Mühlenbewohner sich so sehr für das Mädchen interessiert haben. Ich nehme an, Sie haben die gleichen Informationsquellen wie Kommissar Krömer. Möchten Sie vielleicht einen Abhainn Dearg? Mit Sanddorngeist kann ich leider nicht dienen. An das Zeug will und werde ich mich nicht gewöhnen, obwohl ich diese Insel sonst mittlerweile sehr liebe."

„Abhainn Dearg ist sicher die bessere Wahl", griff Harmsen das Gespräch auf, um ein paar Punkte gutzumachen. „Die westlichste Brennerei Schottlands und die einzige Brennerei auf den Äußeren Hebriden." Er lächelte. „Da nehme ich gerne einen."

Mittlerweile saßen alle auf einer großflächigen Sitzgarnitur. Klara schmeckte der schottische Whisky.

Sonst bevorzugte sie eher klare Schnäpse. Erwartungsvoll sah sie das Ehepaar Hinz an. „Nun?"

„Wir haben es dem Kommissar schon erzählt. Wir sind wegen einer kleinen Erbschaft auf der Suche nach der verschollenen Tochter einer Freundin. Vielleicht muss ich auch sagen, wir waren, denn das zweite Findelkind auf dieser Insel kommt wohl nicht in Frage. Und da Dörte nun bedauernswerterweise tot ist, werden wir unsere Mission wohl leider nicht mehr erfolgreich abschließen." Frederic Hinz wirkte betrübt und Klara nahm ihm das auch ab.

„Erzählen Sie uns die Geschichte Ihrer Freundin?" Pastor Harmsens Stimme war einfühlsam. Man hörte den Seelsorger.

„Sie war die kleine Schwester meiner besten Freundin." Nun antwortete Charlotte Hinz. „Jung, karriereorientiert, und plötzlich schwanger. Und sie wusste nicht mal von wem."

„Und was hat sie dann gemach?" Pastor Harmsen schaute fragend.

„Naiv war sie auch noch. Sie war bereits im vierten Monat, als sie kapierte, dass sie wirklich schwanger war. Und dann hat sie das Kind eben ausgetragen, bei einer privaten Hebamme entbunden und zur Babyklappe gebracht. Sie dachte, damit hätte sie ihr Problem gelöst."

„Aber?" Klara wartete gespannt auf die Fortsetzung.

„Reue", sagte Frederic Hinz. „Zehn Jahre später kam die Reue und sie begann die Suche nach ihrem Kind. Erfolglos, denn die Behörden konnten oder wollten ihr nicht helfen."

„Sie hatte Krebs“, ergänzte Charlotte Hinz. „Und sie hatte nicht mehr viel Zeit. Als sie im Sterben lag, betraute sie uns mit der Aufgabe, nach der verlorenen Tochter zu suchen, damit sie wenigstens in den Genuss des Erbes komme.“

„Viel?“, fragte Klara.

„Kein großes Vermögen, aber durchaus ein beachtliches Startkapital für einen jungen Menschen.“ Frederic Hinz klang nachdenklich. „Wir haben alle unsere Kontakte spielen lassen, um an Informationen zu kommen. Aber wir waren offenbar nicht schnell genug.“ Er lehnte sich in seinem Sessel zurück und seufzte.

„Dann bedanken wir uns für Ihre Offenheit.“ Mit einem Ruck stand Pastor Harmsen auf. „Klara, wir wollen unsere Gastgeber nicht länger aufhalten. Ich nehme an, die Kunst ruft?“

„Sie haben recht“, gab Hinz zur Antwort. „Abends kann ich am besten arbeiten. Da bündelt sich die komplette Inspiration des Tages.“

Klara gab den Eheleuten die Hand und verabschiedete sich. Beim Hinausgehen blieb sie mit ihrem Schal an etwas hängen. Drei Ölbilder, die mit der Bildfläche zur Wand standen, fielen um. „Die sind aber nicht von Ihnen?“, murmelte Klara beim Aufheben entschuldigend.

„Nein“, lachte Hinz. „Erbstücke. Eigentlich kultureller Müll, der entsorgt werden müsste. Aber meine Frau hängt dran. Ihr Großvater hat die Bilder gemalt. Vermutlich wäre er auch besser Schriftsteller geworden. Nun, wenn wir mal sterben, werden sich die Museen bestimmt um diese Stücke balgen."

„Sie haben keine Erben?", fragte Harmsen.

Frederic Hinz schüttelte traurig den Kopf, dann öffnete er ihnen die Tür.

Klara und Pastor Harmsen standen in der kalten, aber klaren Luft von Vitte. Beide schauten sich an. „Ein Pfau?", fragte Klara ungläubig. „Ausgerechnet ein Pfau?" Eines der drei Ölgemälde, die an Geschmacklosigkeit kaum zu überbieten waren, hatte einen grellbunten Pfau gezeigt, der in einer Frühlingslandschaft sein Rad schlug. „Immerhin ohne Weltkugel", grummelte Harmsen. „Aber seltsam ist das schon. Überhaupt, hier ist einiges seltsam. Die beiden wirken so souverän und freundlich, und trotzdem ..."

„Du glaubst ihnen nicht?" Klaras Frage klang eher wie eine Feststellung.

„Nein!" Harmsen schüttelte den Kopf.

„Ich auch nicht. Die Geschichte war mir zu glatt und einstudiert. Vor allem ist sie nicht nachprüfbar. Alle, die man fragen könnte, sind tot. Ich spüre, da ist noch etwas im Busch. Lass uns zu mir gehen. Ich mach uns einen Tee." Klara schaute Harmsen an.

„Um diese Zeit? Und die Leute? Ich meine, wenn uns jemand sieht? Ich mache mir halt Sorgen um deinen Ruf, Klara." Pastor Harmsen wusste, dass er gerade dabei war, sich heillos zu verheddern.

„Lass die reden. Ich will was überprüfen." Damit war Harmsen überzeugt und folgte Klara in ihre Wohnung, wo sie gleich Wasser für einen Tee mit Inselkräutern aufsetzte. Dann verschwand sie kurz in ihrer Schlafkammer. Als sie wiederkam, trug sie ihren Bademantel und hielt einen Zettel in der Hand. „Mir war kalt“, sagte sie nur und reichte dem Pastor das Stück Papier. Ihr Blick sagte: Wusste ich es doch!

Harmsen nahm das Blatt und las. Es waren die Namen, die Dörte aus dem Greifswalder Telefonbuch herausgesucht hatte. An die Namen Abel, Böttcher, Clausen und Dinse hatte Klara einen Haken gemacht. Es folgten Ehrlich, Ewerts, Friedmann, Friese und Grawe, allesamt nicht besonders gekennzeichnet. Den nächsten Namen aber hatte Klara mit gelbem Textmarker hervorgehoben: Hinz.

„Henning Hinz ist nicht erreichbar. Nachrichten bitte nach dem Pfeifton.“

Fünfmal hatte Klara die Ansage bereits gehört, aber keine Nachricht hinterlassen. Warum auch? Wenn stimmte, was sie und Harmsen sich in der vergangenen Nacht zusammengereimt hatten, dann war Henning Hinz bereits tot und lag vermutlich anonym beerdigt in einem Grab irgendwo im Languedoc. Sollte sie Krömer anrufen? Konnte es sein, dass er diesen eindeutigen Zusammenhang übersehen hatte? Und in welchem Verhältnis standen Frederic und Charlotte Hinz zu Henning Hinz? Konnte die Namensgleichheit Zufall sein?

Sie hatte große Lust gehabt, der alten Mühle noch am gleichen Abend einen zweiten Besuch abzustatten, aber Klaas Harmsen hatte kühl gefolgert, dass das wohl keinerlei Erfolg bringen würde. Das Ehepaar Hinz hatte ihnen offenbar einiges verschwiegen, das war mittlerweile auch Klara klar geworden. Bis vier Uhr hatten sie und Harmsen noch die Gedanken kreisen lassen, alle möglichen Varianten diskutiert und abgewogen. Als Arbeitshypothese war herausgekommen, dass Henning Hinz der Vater von Dörtes Kind und nun tot war und dass Frederic und Charlotte Hinz vermutlich in einer verwandtschaftlichen Beziehung zu ihm standen und deshalb an Dörte interessiert waren. Aber warum dann die Geschichte mit der Suche nach dem verschollenen Kind? Das passte alles nicht zusammen, und es wollte weder Klara noch Harmsen gelingen, eine vernünftige Erklärung zu finden.

Klara hatte nur vier Stunden geschlafen, sie hatte Mühe sich zu konzentrieren. Sie zog ihren Trainingsanzug und die Winterlaufschuhe an und machte sich auf zu ihrer Inselrunde. Die kalte Luft sorgte zwar dafür, dass wieder mehr Ordnung in ihre Gedanken kam, aber die offenen Fragen blieben. Sie brauchte mehr Informationen. Was sollte sie tun?

„Henning Hinz ist nicht erreichbar. Nachrichten bitte nach dem Pfeifton."

„Hier spricht Klara Klühs von der Insel Hiddensee. Ich bin eine Freundin von Dörte. Können Sie mich mal anrufen?“ Sie wusste nicht genau warum, aber sie hatte nun doch eine Nachricht mitsamt ihrer Telefonnummer hinterlassen. Denn auch wenn sie Henning Hinz für tot hielt, blieb doch ein Rest Unsicherheit. Was würde der Pastor zu ihrem Anruf bei Henning Hinz sagen? Und was Sven Krömer? Sie wählte die Nummer des Kommissars, aber es meldete sich nur eine Sekretärin. „Krömer ist auf Dienstreise“, schnodderte sie ins Telefon. „Vergnügt sich in Frankreich. Versuchen Sie‘s auf dem Handy.“ Dann legte sie auf, ohne eine Antwort abzuwarten.

Krömers Handy war offensichtlich ausgeschaltet. Klara hörte eine französische Ansage, die sie zwar nicht ganz verstand, irgendwas mit „le numéro“ und „non disponible“, die sie aber vollkommen richtig interpretierte. Krömer war nicht erreichbar. Vielleicht hatte er doch die gleichen Schlüsse gezogen wie sie selbst und DNA von Henning Hinz im Gepäck, um die Leiche in Frankreich zu identifizieren. Klaras Handy vibrierte. Fast war sie enttäuscht, dass es Pastor Harmsen und nicht Hauptkommissar Krömer war.

„Wir müssen heute Morgen noch mal zur Mühle“, sagte Harmsen. „Ich will wissen, in welcher Beziehung das Ehepaar Hinz zu Henning Hinz steht.“

„Das geht mir auch schon die ganze Zeit durch den Kopf. Aber wenn die uns gestern etwas vorgemacht haben, warum glaubst du, sollte das heute anders sein?“

Der Einwand schien berechtigt. Harmsen dachte laut. „Vielleicht wollten sie Zeit gewinnen, um selbst zu verstehen, was da passiert ist. Möglicherweise gehören beide Geschichten zusammen, die mit der Babyklappe und die mit dem Vater von Dörtes Kind. Vielleicht erkennen wir den Zusammenhang nicht, aber Frederic und Charlotte Hinz haben die Antwort."

Klara verstand. Der Pastor hatte ausgesprochen, was sie auch schon gefühlt hatte, aber vorher noch nicht formulieren konnte. Babyklappe und Schwangerschaft waren unterschiedliche Episoden im Leben von Dörte gewesen, die sich auf merkwürdige Weise bei den Mühlenbewohnern verbanden.

„Weißt du, was ich glaube?", Harmsen dachte immer noch laut. „Ich glaube, Henning Hinz ist der Sohn von Frederic und Charlotte. Und ich glaube, unser Hauptkommissar weiß das ebenfalls."

„Aber Frederic Hinz hat doch gesagt, sie haben keine Kinder. Dann haben die uns an der Nase herumgeführt." Klara wurde sauer. Sie fühlte sich plötzlich ungeheuer naiv.

„Frederic Hinz hat nichts dergleichen gesagt", korrigierte Harmsen. „Er hat mit dem Kopf geschüttelt, als ich nach Erben fragte. Ich nehme aber an, er hat uns bewusst im Unklaren gelassen. Und hast du die Fotografie im Eingangsbereich der Mühle gesehen? Die mit den beiden Jungen? Vielleicht ist einer davon Henning Hinz. Ich setze mich jetzt aufs Fahrrad, und wenn ich nicht im Schnee in einen Graben rutsche, bin ich in zwanzig Minuten bei dir."

Tatsächlich brauchte Harmsen nicht einmal eine Viertelstunde. Klara hatte sich bereits in ihre Winterjacke gepackt und abholbereit auf den Pastor gewartet. Kaum fünf Minuten später standen sie erneut vor der alten Mühle. Doch niemand öffnete. Als sie um das Gebäude herumgingen, um einen Blick durch die Fenster zu werfen, bemerkten sie, dass sie beobachtet wurden. Knut Schlieker stand im Windschatten eines Hauseingangs der Nachbarschaft. Observierte er etwa das Haus? Jetzt löste er sich von seinem Posten und kam auf Klara und Harmsen zu.

„Sieht ganz so aus, als ob die ausgeflogen sind. Krömer hat mir den Auftrag gegeben, das Ehepaar nicht aus den Augen zu lassen. Aber offenbar ist keiner mehr da. Wenn sie nur zum Einkaufen waren, müssten sie längst zurück sein.“ Er zückte sein Handy und wählte aus dem Adressbuch die Nummer der Reederei. Als auf der anderen Seite abgehoben wurde, kam er gleich zur Sache. „Birthe, hier Knut, warst du heute Morgen am Fahrkartenschalter im Hafen?“ Und nach einer kurzen Pause: „Haben die Mühlenbewohner die Insel verlassen?“ Wieder eine kurze Pause. „Mist!“

„Offenbar ist da jemandem die Muffe gegangen“, empörte sich Klara.

„Vielleicht sind die auch nur in Stralsund zum Einkaufen.“ Damit konnte der Inselpolizist natürlich auch richtig liegen.

„Warum solltest du die beiden eigentlich beobachten?“ Klara blickte Schlieker erwartungsvoll an.

„Krömer hat gesagt, es gibt da wohl einen Zusammenhang. Er meint also Dörte und das mit der Babyklappe und dann mit der Schwangerschaft. So ganz habe ich das nicht verstanden. Jedenfalls sollte ich die Augen aufhalten, wer die Mühle in nächster Zeit besucht. Na ja, ihr seid ja jetzt schon zum zweiten Mal da." Schlieker grinste.

Klara grinste auch. Offenbar hatte Hauptkommissar Krömer tatsächlich die gleichen Schlüsse gezogen wie sie und Pastor Harmsen.

Zurück vor ihrer kleinen Bücherei merkte Klara schnell, dass sie völlig die Zeit aus den Augen verloren hatte. Lara, Lena, Emma und Björn standen vor der Türe und froren. Die vier schauten vorwurfsvoll, aber als Klara ihnen eine Runde heißen Kakao versprach, wandelte sich die Stimmung der Kinder sofort in fröhliche Begeisterung.

„Erzählst du uns wieder was über Pippi Langstrumpf?", wurde Klara von Lena, einer blonden Bohnenstange, angebettelt und willigte sofort ein. Dass ihr Anrufbeantworter eine Nachricht aufgenommen hatte, bemerkte sie zwar im Vorbeigehen, aber die musste bis später warten. Jetzt waren ihre kleinen Gäste wichtiger.

„Was glaubst du, wen heiratet Tommy später mal?", wollte Lara wissen. „Die Pippi oder die Annika? Und kriegen die dann Kinder?"

Klara musste lachen. „Ich weiß nicht, ob Tommy die Pippi heiraten wird, die Annika aber auf keinen Fall. Das ist doch seine Schwester. Die kann man nicht heiraten."

„Und dann können die auch keine Kinder kriegen", stellte Lena sachlich fest. „Denn wer nicht verheiratet ist, wird auch nicht schwanger."

Klara verzichtete darauf, das zu kommentieren, und akzeptierte in diesem Fall das Weltbild der vier Siebenjährigen. Alles andere hätte sie in diesem Moment als zu kompliziert empfunden.

Als sie am späten Nachmittag die Tür hinter den Kindern verschloss, merkte sie, dass sie total übermüdet war. Der Tag war ereignisreich gewesen und der fehlende Nachtschlaf forderte nun seinen Tribut. Klara ließ sich in den großen Lesesessel fallen und wollte nur kurz die Augen zumachen. Ihren blinkenden Anrufbeantworter hatte sie völlig vergessen.

Als Klara erwachte, schmerzte ihr Rücken. Als Bettersatz taugte der Lesesessel offensichtlich nur bedingt. Außerdem war ihr kalt. Vier Uhr sieben zeigte der alte braune Klappzahlenwecker aus den Siebzigern, der auf einem Regal stand. Klara schlurfte nach oben und warf sich ihren blauen Frotteebademantel über. Danach ging sie zurück in den Leseraum und fuhr den PC hoch. Dazu brauchte dieser fast solange wie Klara für die Zubereitung eines schwarzen Tees. Mit ihrer

Lieblingstasse setzte sie sich vor den Bildschirm und tippte in die Maske ihrer Suchmaschine „Henning Hinz“ ein. Auch wenn es überhaupt nicht ihre Art war, andere Menschen zu googeln, um sie kennenzulernen, war ihr in der Aufwachphase doch die Idee gekommen, das mal zu versuchen. Die Suchmaschine lieferte erstaunlich viele Ergebnisse, wie Klara fand. Sogar ein Wrestler, der sich mit Künstlernamen *Kick On Ass* nannte, war unter den Suchergebnissen. Offenbar kam der Name Henning Hinz häufiger vor, als sie gedacht hatte. So ergänzte sie ihre Suchanfrage zu „Henning Hinz Greifswald“. Da war er. Offenbar ein Antiquitätenhändler. Klara suchte nach Bildern und auch dabei wurde sie fündig. Henning Hinz stand inmitten seines Ladens zwischen alten Möbeln, Bildern und Uhren. Er hatte eine spitze Nase, leicht rötliche Haare und trug einen Anzug. Klara tippte auf Kaschmir. Sein Alter ließ sich nur schwer schätzen. Durch die Kleidung wirkte er gesetzt, sein Gesicht sah aber sehr jung aus. Die Pickel, die nur schlecht kaschiert waren, deuteten auf einen jungen Mann zwischen zwanzig und dreißig hin. Stolz hielt er eine Urkunde in der Hand: „Member of Yorkshire Aristocracy Club“. Um ihn herum standen Männer, die allesamt eher achtzig als siebzig waren, neben ihm eine junge, hübsche Frau. Leider bot der dazugehörige Artikel keinen Hinweis auf ihre Identität. Immerhin – gut gekleidet war er also, aber sympathisch war ihr der Mann auf dem Foto nicht. Vielleicht lag es an einer gewissen arroganten Distanziertheit und Kälte, die er auf dem Bild ausstrahlte.

Bei dem Gedanken, dass Dörte von diesem Schnösel ein Kind erwartet hatte, wurde Klara unwohl. Sollte sie sich so in Dörte getäuscht haben? Sie meinte doch, sie gut zu kennen. Oder täuschte sie sich in Henning Hinz? Vielleicht war die Aufnahme einfach nur unvorteilhaft und sie interpretierte zu viel in dieses Bild hinein. Sie brühte sich einen weiteren Tee auf und dachte nach. Was wusste sie bisher? Wenig, denn das, was sie sich gemeinsam mit Klaas Harmsen zusammengereimt hatte, basierte zum größten Teil auf Spekulationen. Sie vermuteten, dass Henning Hinz der Vater von Dörtes Kind war und Frederic und Charlotte Hinz wiederum die Eltern von Henning waren. Und sie vermuteten, dass Henning Hinz nun tot in einem Grab in Südfrankreich lag. Wussten Frederic und Charlotte Hinz davon? Oder war der Kontakt zwischen Eltern und Sohn abgerissen? Und wenn ja, wann? Und warum? Fragen über Fragen, die sich in Klaras Kopf anhäuften, ohne dass sie Antworten fand. Und dann war da noch Dörtes Baby. Hauptkommissar Krömer hatte ihr verraten, dass die Untersuchungen am Fötus ein auffälliges Ergebnis zu Tage gebracht hatten. Wenn sie nur herausbekommen könnte, was es damit auf sich hatte. Sie musste mit Sven Krömer sprechen, sonst würde sie nicht weiterkommen. Aber Krömer war in Frankreich und „non disponible“. Der Klappzahlenwecker zeigte sieben Uhr drei. Sie wählte die Nummer von Pastor Harmsen.

„Bist du aus dem Bett gefallen?“, gähnte der am anderen Ende der Leitung.

„Schon um vier.“ Dann brachte Klara den Pastor auf den neusten Stand ihrer Überlegungen.

Es blieb den ganzen Tag über kalt und ungemütlich. Der Schnee, der fiel, wurde gleich nach dem Kontakt mit dem Boden zu Matsch. Dazu blies ein böiger Wind, sodass die meisten Hiddenseer ihre Häuser nicht verließen. Auch Klara war zu Hause geblieben und hatte nur die Etage gewechselt, um ihre Bücherei aufzusperren. Bei diesem Wetter kamen aber weder Kinder noch andere Besucher, und Klara nutzte die Zeit, um weiter im Internet nach Henning Hinz zu forschen. Es gab eine ganze Reihe von Bildern. Einige zeigten ihn mit Galeristen, andere mit vermutlich vermögenden Kunden. Sie standen Hinz in Sachen Kleidung in nichts nach. In einigen Artikeln wurde er als erfolgreicher junger Restaurator alter Möbel beschrieben. Offenbar hatte er eine Ausbildung in England gemacht, setzte jetzt aber nur noch auf den Handel, wobei ihm seine praktischen Kenntnisse sicher nützten. Auch auf den Fotos zu älteren Artikeln wirkte Henning Hinz ausgesprochen unsympathisch auf Klara. Trotzdem meinte sie, das Gesicht irgendwoher zu kennen. Sie hoffte, dass ihr Eindruck sie täuschte, wusste aber, dass sie sich eigentlich auf ihre Intuition verlassen konnte. Pastor Harmsen hatte sie oft um ihre Menschenkenntnis beneidet. Dabei war er selbst einer, der sich mit Menschen auskannte. Gegen sechzehn Uhr hörte Klara, dass sich die Tür öffnete. Kamen die kleinen Leseratten doch noch?

Es war Knut Schlieker. „So ein Sauwetter", grummelte er.

„Tee?", fragte Klara kurz.

Schlieker nickte dankbar. „Die Mühlenbewohner sind immer noch verschwunden. Und heute kommt auch keine Fähre mehr." Schlieker wusste, dass Klara auf diese Informationen gewartet hatte. „Der Schiffsverkehr ist bis auf Weiteres eingestellt", ergänzte er. Klara stellte ihrem Gast eine Tasse Tee auf den kleinen Tisch neben dem Lesesessel. Der Inselpolizist hatte es sich darin bequem gemacht.

„Hast du was von Hauptkommissar Krömer gehört?" Klara hoffte, Schlieker noch ein paar Fakten entlocken zu können.

„Seit gestern nicht mehr. Das Handy scheint abgestellt zu sein, oder er steckt da unten in einem Funkloch. Jedenfalls sagt mir irgendeine Französin dauernd, Krömer ist non disponible oder so ähnlich."

„Die Ansage kann ich auch schon fast auswendig", antwortete Klara. „Ich möchte zu gerne wissen, was Krömer herausgefunden hat."

„Na hoffentlich, wie eng die Verwandtschaft zwischen Dörte und dem Toten in Südfrankreich wirklich war, wenn es sich tatsächlich um den Kindsvater handelt." Schlieker nahm einen weiteren Schluck Tee und bemerkte gar nicht, wie irritiert Klara guckte.

„Wie? Verwandt? Knut, was meinst du damit?"

Schlieker blickte bedröppelt. „Scheiße", murmelte er. Er hatte sich verplappert. „Aber du verrätst nichts dem Krömer, sonst kriege ich echt Ärger."

„Versprochen!"

„Du erinnerst dich, dass die Rechtsmedizin bei der Untersuchung des toten Fötus Auffälligkeiten festgestellt hat?" Klara nickte und Schlieker fuhr fort: „Da es ja wichtig werden könnte, den Vater des Kindes ausfindig zu machen, hat die Rechtsmedizin zahlreiche Tests gemacht. Das Ergebnis: Mutter und Vater des Babys sind eng miteinander verwandt."

Klara blies die Backen auf und ließ dann die Luft entweichen. „Puh", sagte sie dabei. „Das heißt, beide Geschichten von Dörte führen zusammen. Die von der Schwangerschaft und die von der Babyklappe. Und mit dem Kindsvater könnten wir auch Dörtes Herkunft klären."

Schlieker nickte. „Aber pst!" Er legte dabei seinen Zeigefinger auf die Lippen.

„Klar!", sagte Klara und zog zur Bestätigung einen imaginären Reißverschluss vor ihrem Mund zu. Dann begleitete sie den Inselpolizisten zur Tür. Natürlich wusste Schlieker, dass Klara ihre neuen Erkenntnisse mit dem Pastor besprechen würde. Aber bei diesem hoffte er darauf, dass die Informationen unter das Beichtgeheimnis fielen. Und Schlieker hatte recht. Klara brannte darauf, sich mit Klaas Harmsen auszutauschen. Noch mehr aber brannte sie darauf, mit Hauptkommissar Krömer zu sprechen. Sie musste einfach noch mehr wissen und glaubte auch, ein Recht darauf zu haben.

Auf Sven Krömers Handy meldete sich einmal mehr die freundliche französische Stimme. Pastor Harmsen dagegen war sofort am Apparat, und als Klara ihre Neuigkeiten losgeworden war, hatte er darauf bestanden, trotz Schnee und Wind noch zu ihr zu kommen. Klara kochte also eine große Kanne Roibuschtee und freute sich auf den spontanen Besuch.

„Das wird immer spannender, Klara", begrüßte der Pastor Klara und drückte ihr eine Flasche Rotwein in die Hand. „Ich dachte nach dem Tee", sagte er, als er die bereitgestellte Teekanne samt Bechern sah. „Ist ein französischer, hab ich Lust drauf bekommen, als ich mir Bilder vom Canal du Midi angeschaut habe. Hatte ich noch im Keller. Wenn du nicht magst, kann ich ihn auch beim nächsten Abendmahl verwenden."

„Ich weiß gar nicht, ob ich die richtigen Gläser und einen Korkenzieher habe. Aber wir kriegen die Flasche schon auf." Klara freute sich insgeheim, dass der Abend so auch noch eine andere Farbe bekommen sollte und sie nicht nur über Mord und Totschlag reden würden. Aber zunächst stand genau dieses Thema auf der Tagesordnung.

„Wenn Dörte und Henning Hinz verwandt waren, warum riskieren die dann eine Schwangerschaft?", dachte der Pastor laut. „Doch wohl nur, weil sie nichts davon wussten", führte er den Gedanken zu Ende. Klara nickte.

„Das will mir gar nicht in den Kopf, Klaas. Dörte trifft mit Henning auf ihre eigene Vergangenheit, ohne es zu wissen. Und sie hat keine Chance, es herauszubekommen. Und wenn Henning Hinz tatsächlich der Sohn von Frederic und Charlotte ist, dann liegt der Schlüssel bei den Mühlenbewohnern, und die sind abgetaucht."

„Ich würde auch gerne mit den beiden sprechen", Hansen wirkte nachdenklich. „Ich hatte schon den Eindruck, dass Familie Hinz uns etwas verheimlicht. Ich bin mir allerdings nicht darüber im Klaren, warum? Wollen sie jemanden schützen? Vielleicht ihren Sohn? Oder gibt es ganz andere Zusammenhänge, die wir nicht erkennen? Vielleicht sind die Dinge noch komplexer?"

„Oder noch einfacher", bemerkte Klara. „Zu dumm, dass Krömer nicht ans Telefon geht. Er dürfte die verwandtschaftlichen Beziehungen zwischen dem Ehepaar Hinz und Henning längst geklärt haben."

„Und du meinst, er würde uns das auch sagen?"

„Ich glaube schon, denn er weiß ganz sicher, dass die Lösung nur über Frederic und Charlotte Hinz führt." Sie dachte an das Ölgemälde mit dem Pfau in der alten Mühle und an all die anderen Puzzleteile, die sich noch nicht ineinanderfügen wollten. „Oh, ich hasse es, wenn ich ausgebremst werde, aber heute kommen wir nicht mehr weiter."

Sie sprang auf und bedeutete dem Pastor, ihr zu folgen. Bis jetzt hatten sie in der Bücherei gesessen, doch nun war es Zeit, zum gemütlichen Teil überzugehen. Den Rotwein wollte Klara mit Klaas Harmsen in ihrer Wohnung trinken und der schien damit einverstanden. Es war schön, mit ihm über Gott und die Welt zu reden, und Klara dachte daran, was Tante Renate über sie und den Pastor gesagt hatte. Und je länger sie darüber nachdachte, desto mehr kam sie zu dem Schluss, dass Tante Renate vielleicht sogar recht haben könnte. Aber jetzt und hier war nicht der Augenblick, um mit Klaas über so Persönliches zu sprechen. Dafür wollte Klara ruhigere Zeiten abwarten, wenn überhaupt. So redeten sie über Orte, von denen sie träumten, über Bücher, die sie noch nicht gelesen hatten, und über die Ruhe, die zu dieser Jahreszeit abends über Hiddensee lag, da es kaum noch Übernachtungsgäste gab, die sich auf die Insel verirrten. Irgendwann hatte Klara einen Bildband der griechischen Inseln geholt. Sie hatten nebeneinander auf dem kleinen Sofa gesessen und von Sonne, Ouzo und Oliven geträumt. Klara hatte sogar ihre Füße auf die Sitzfläche gehoben und sich sachte an Harmsens Schulter angelehnt. Dann, irgendwann, hatten sie nur noch so dagesessen und geschwiegen.

Als Klara am nächsten Morgen erwachte, lag sie immer noch auf dem Sofa, allerdings unter einer Wolldecke. Sie musste an Harmsens Schulter eingeschlafen sein. Der hatte offenbar noch aufgeräumt, sie zugedeckt und war dann leise gegangen. Fast war Klara ein bisschen enttäuscht, freute sich aber, als sie seinen Zettel auf dem Sofatisch fand. „Das war ein sehr schöner Abend mit dir. Danke, Klaas." Mehr hatte er nicht geschrieben. Musste er auch nicht.

Es versprach, ein schöner Tag zu werden auf Hiddensee. Der Wind hatte sich gelegt und die Sonne zeigte sich am Himmel. Klara war gerade dabei, den Weg zum Eingang der Bücherei vom Schnee zu befreien, als Renate Jensen auftauchte.

„Kannst du heute Mittag zu mir kommen? Meine Schwester hat sich angesagt und dabei so geheimnisvoll getan. Aber sie sagte, es ist wichtig. Es hätte was mit Dörtes Geschichte zu tun. Und du und Pastor Harmsen, ihr sollt auch dabei sein."

„Mehr hat sie nicht gesagt?"

„Sag ich doch, geheimnisvoll. So, ich muss zur Schule." Damit war Renate Jensen auch schon verschwunden.

Der Schiffsverkehr lief also wieder planmäßig. Klara konnte nicht anders, sie musste den ganzen Vormittag an diese seltsame Ankündigung denken und fieberte gespannt dem Mittag entgegen. Pastor Harmsen hatte ihr eine SMS geschickt. Er würde sie abholen. Renate Jensen hatte gar keine genaue Uhrzeit für das Treffen genannt. Aber Klara wusste, dass die Mittagsfähre gegen dreizehn Uhr zwanzig anlegen würde. Halb zwei, hatte sich Klara ausgerechnet, wäre also ein guter Zeitpunkt, um bei Tante Renate aufzutauchen. So musste auch Klaas Harmsen kalkuliert haben, denn um viertel nach eins stand er vor der Türe der Inselbücherei.

„Schön, dich zu sehen", sagte Klara. „Bin ich einfach so eingeschlafen gestern?"

„Bist du.“ Harmsen lächelte und in Klara breitete sich ein warmes Gefühl aus.

„Danke fürs Zudecken“, murmelte sie. Dann gingen sie los.

In Renate Jensens blauem Haus brannte das Licht. Schon vom Weg aus sahen Klara und der Pastor, dass der Besuch von Rügen bereits eingetroffen war. Inge, Renate Jensens Schwester, war nicht alleine gekommen. Sie befand sich in Begleitung einer weißhaarigen Frau, deren Alter sich schwer schätzen ließ. Nachdem Renate Jensen die neu Hinzugekommenen eingelassen hatte, beantwortete Inge die im Raum stehende Frage schnell. „Klara, Pastor Harmsen, das ist Judith Fokken aus Gingst. Sie ist Hebamme.“

„War“, korrigierte die alte Dame. „Ich bin jetzt fünfundsiebzig. Den letzten Kindern habe ich vor zehn Jahren auf die Welt geholfen. Aber natürlich könnte ich das auch heute noch. Gelernt ist gelernt.“ Judith Fokken machte einen resoluten und zugleich warmherzigen Eindruck. Klara konnte sich vorstellen, wie sich Frauen in ihrer Obhut bei einer Entbindung wohlgefühlt hatten, soweit das eben in ihrer Lage möglich war. Und sie dachte daran, dass sie selbst vielleicht auch Kinder wollte. Mit zweiunddreißig hörte sie ihre biologische Uhr zwar schon ticken, aber sie gab sich selbst noch knappe zehn Jahre Zeit. Sie fand, dass Eltern nicht unbedingt jung sein mussten. Ihre Tante, bei der sie nach dem Tod der Eltern aufgewachsen war, hatte bereits die fünfzig überschritten, als sie Klara damals aufnahm. Klara erinnerte sich gerne an diese warmherzige und patente Frau. Sie hatte sich bei ihr immer verstanden und gut aufgehoben gefühlt.

Zwischen Dörte und ihrer Pflegemutter musste es ebenso gewesen sein, auch wenn es manchmal zwischen beiden gekracht hatte. Dörte war halt temperamentvoller gewesen. Klara merkte, dass sie mit ihren Gedanken abgeschweift war, denn Pastor Harmsen knuffte sie leicht in die Rippen. Sie schaute Inge und Renate Jensen an, dann die alte Hebamme. Inge ergriff das Wort. „Ich kenne Judith Fokker seit vielen Jahren. Ich war nach der Wende Krankenschwester in Stralsund. Judith hat im gleichen Krankenhaus wie ich gearbeitet, freiberuflich. Da hatte sich nach dem Mauerfall ja einiges verändert. Na, ihr ahnt es, Judith hat Dörte auf die Welt gebracht. Ich wusste das von Anfang an, habe aber bisher geschwiegen, weil ich mein Wort gegeben hatte. Den Rest soll sie euch selbst erzählen.“ Renate Jensen hatte ihre Gäste mittlerweile mit Tee versorgt und Klara schaute sie fragend an. „Ich bin genauso gespannt wie du“, sagte diese und alle Blicke wanderten zu der Weißhaarigen.

„Ich bin damals nach Putbus zu einer Hausgeburt gerufen worden. Es war die Adresse eines kleinen Ferienhauses. Die schossen damals kurz nach der Wende plötzlich überall aus dem Boden. Die Wehen hatten bei der jungen Frau bereits eingesetzt, auch wenn es bis zum errechneten Geburtstermin noch vierzehn Tage hin waren. Aber das kommt bekanntlich schon mal vor. Jedenfalls war die junge Frau wohl von der bevorstehenden Geburt überrascht worden, ebenso wie das Pärchen, das sie begleitete. Ich fragte sie nach ihrem Namen und schlug vor, sie in das Krankenhaus nach Bergen bringen zu lassen. Aber die junge Frau, Carmen hieß sie, weigerte sich. Die Geburt war schon weit fortgeschritten und der Muttermund fast vollständig geöffnet. Also packte ich meine Tasche aus, horchte nach den Herztönen und stellte fest, dass Carmen Zwillinge bekam."

Klara, Pastor Harmsen und Renate Jensen stand die Überraschung ins Gesicht geschrieben. Inge Jensen, die die Geschichte jetzt seit dreiundzwanzig Jahren für sich behalten hatte, nickte nur, als Judith Fokker weitersprach. „Die Wehen waren inzwischen so heftig, dass ohnehin ein Transport ins Krankenhaus nicht mehr in Frage gekommen wäre. Also presste Carmen, was das Zeug hielt, und innerhalb einer halben Stunde kamen zwei gesunde Kinder auf die Welt. ‚Das Mädchen heißt Dörte', sagte Carmen. Sie hatte Tränen in den Augen. Damals dachte ich: vor Anstrengung. Und dann passierte etwas Merkwürdiges. Die andere Frau sagte: ‚Der Junge heißt Henning'."

Pastor Harmsen pfiff durch die Zähne. „Henning ist Dörtes Bruder", stellte Klara das Offensichtliche fest und Judith Fokker schaute etwas irritiert, als sie antwortete: „Na ja, sie kamen aus demselben Bauch, da spricht man gewöhnlich von Geschwistern." Judith Fokker kannte natürlich den Rest der Geschichte noch nicht, weshalb Klara alle Anwesenden auf den neusten Stand brachte. Auch Renate Jensen hatte bis dahin keine Ahnung, was Klara und Pastor Harmsen mittlerweile zu wissen glaubten.

„Frau Fokker“, Harmsens Stimme war jetzt sanft und zugleich eindringlich. „Was ist nach der Geburt geschehen?“

„Ich erinnere mich noch, dass ich der Mutter beide Kinder an die Brust legen wollte. Aber sie wollte das nicht. Und so bin ich noch zwei Stunden geblieben, habe die Erstversorgung nach der Geburt geleistet und bin dann gegangen. Am nächsten Tag sollte ich wiederkommen, weil ja noch Dinge zu regeln waren. Es war niemand mehr da. Die Frau, das Pärchen und die Kinder waren verschwunden. Ich bin dann zur Polizei gegangen, denn das alles kam mir doch sehr seltsam vor.“

„Und dann?“, fragten Klara und Klaas Harmsen wie aus einem Mund.

„Die Beamten hörten sich an, was ich zu sagen hatte, und schrieben es auf.“

Jetzt ergriff Inge Jensen das Wort. „Als ich Dörte damals gemeinsam mit Renate ins Krankenhaus gebracht hatte, erkannte Judith den Strampler und den Schlafsack wieder. Sie hatte beides bei der Entbindung gesehen und sich über das merkwürdige Wappen gewundert. Ein paar Tage später hat sie mir dann die ganze Geschichte erzählt. Aber da war Dörte schon bei Renate auf der Insel.“

„Ich war auch noch mal bei der Polizei. Auch diesmal haben sie alles brav aufgeschrieben. Aber ob die jemals ermittelt haben, weiß ich nicht. Und dann geriet die Geschichte bei mir in Vergessenheit. Nur Inge hat das alles nicht vergessen. Und nach Dörtes Tod hat sie mich gesucht und gefunden." Judith Fokker hatte erzählt, was sie wusste.

„Wieso hat denn die Polizei da nicht ermittelt? Zwei Kinder, von denen eins verschwunden ist und das andere in einer Babyklappe gefunden wird." Klara schien entsetzt. Aber Pastor Harmsen schüttelte den Kopf. „Das war alles relativ kurz nach der Wende. Die Strukturen waren neu, das Personal blieb aber weitgehend das alte. Da konnte es schon mal passieren, dass so ein Fall unbearbeitet blieb. Dass Dörte bei Tante Renate aufwachsen konnte, ist auch so ein Ding. Heute würde kein Amt einer alleinstehenden Frau ein neugeborenes Findelkind überlassen."

Renate Jensen schien protestieren zu wollen, aber Pastor Harmsen fuhr beschwichtigend fort. „Auch wenn natürlich außer Frage steht, dass Tante Renate geradezu prädestiniert dazu war, ein Kind großzuziehen." Renate Jensen seufzte und begann zu weinen.

Klara hatte das Bedürfnis, sich mit Pastor Harmsen auszutauschen. Da es aber bereits kurz vor fünfzehn Uhr war, musste das warten, denn die Inselbücherei sollte in einigen Minuten öffnen und Klara wollte ihre Besucher nicht noch einmal vor verschlossener Türe stehen lassen. So verabredete sie sich mit Klaas Harmsen für den Abend im *Godewind*. „Ich hab Appetit auf Scholle“, sagte der nur und winkte zum Abschied.

Die üblichen Verdächtigen warteten bereits vor der Tür, als Klara die Inselbücherei öffnete. Auch heute wollten Lara, Lena, Emma und Björn über Pippi Langstrumpf diskutieren. Klara kam in den Sinn, dass sie den Kindern erst kürzlich erklärt hatte, warum Tom und Annika nicht heiraten könnten. Seit dem Treffen bei Tante Renate wusste sie, dass das auch für Henning und Dörte gegolten hätte. Klara konnte sich gar nicht richtig auf die kleine Kinderschar konzentrieren. Immer wieder kamen ihr neue Gedanken. Was war mit Dörtes Bruder Henning geschehen? Warum waren die Geschwister getrennt worden? Und warum hatten sie auf so zufällige Art und Weise wieder zusammengefunden und ein Kind gezeugt? Klara dachte daran, dass sie selbst Henning Hinz auf den Fotos eher unsympathisch fand. Aber vielleicht hatten Dörte und Henning zueinander ja eine Zuneigung gefühlt, die sich auf ihre verwandtschaftliche Verbindung gründete. Vielleicht hatten beide gespürt, dass sie zusammengehörten, ohne dass sie hätten sagen können, warum. Klara schwirrte der Kopf. Wie gut, dass sie das alles später mit Klaas Harmsen besprechen konnte. Sie recherchierte im Netz noch einmal nach Henning Hinz, suchte nach Eltern und Geschwistern, doch das Internet lieferte dazu keinen Hinweis. Trotzdem war sie sich auch ohne Beleg fast sicher: Henning Hinz musste der Sohn von Frederic und Charlotte Hinz sein. Wenn er aber gleichzeitig Dörtes Bruder war, dann war er vermutlich später adoptiert worden, denn nach Judith Fokkers Aussage hieß die Mutter der Zwillinge Carmen. Vielleicht waren ja Charlotte und Frederic das Paar, das bei der Geburt zugegen gewesen war. Viel später dann musste es einen familiären Zwist gegeben haben, der zum Abbruch der Verbindung zwischen Eltern und Sohn geführt hatte. Nur so konnte sich Klara die merkwürdige Aussage des Mühlenbewohners erklären, es gebe keine Erben. Pastor Harmsen hatte völlig zu Recht darauf hingewiesen, dass Frederic Hinz nicht gesagt hatte, es gebe keine Kinder. Und dann war da ja noch die Fotografie mit den beiden Jungen in der Mühle. Hatte nicht einer von ihnen Ähnlichkeit mit Dörte?

Mit den zahlreichen Gedanken, die in ihrem Kopf kreisten, verging die Zeit, bis die Bücherei schließen sollte, wie im Flug. Zwischendurch war Hilde Schlieker kurz aufgetaucht und hatte das Lauriel-Buch gegen Helen Fieldings *Schokolade zum Frühstück* getauscht, das sie tatsächlich noch nicht gelesen hatte und das Klara ihr guten Gewissens mitgab. Als Klara den kleinen Leseratten bedeutete, dass jetzt Schluss sei, maulten diese zwar kurz, trollten sich dann aber doch. Sie hatte ihnen noch eingeschärft, sich gut einzumummeln, ein fast mütterlicher Impuls. Klara wollte sich kurz frischmachen, bevor sie zu ihrer Verabredung ins *Godewind* aufbrach. Im Vorbeigehen fiel ihr Blick auf den Anrufbeantworter. Er blinkte immer noch, und Klara erinnerte sich, dass sie den Anruf bisher nicht abgehört hatte. Es war aber auch zu viel passiert in der Zwischenzeit.

Sie drückte den Abspielknopf eher im Vorbeigehen. Die Stimme, die sie hörte, schnarrte unangenehm in ihren Ohren. Zunächst begriff sie nicht, was sie da hörte, dann wurde sie bleich.

„Hallo Frau Klühs, Sie wollten ja, dass ich mich melde. Hier ist Henning Hinz. Was ist denn mit Dörte? Ich habe seit Wochen nichts mehr von ihr gehört. Muss ich mir Sorgen machen? Rufen Sie mich doch einfach nochmal an. Danke!"

Klara und Klaas Harmsen hatten das Band jetzt bereits zum dritten Mal gemeinsam abgehört. Der Pastor war sofort in die Bücherei geeilt, als er Klaras zitternde Stimme am anderen Ende der Leitung gehört hatte. Zu großen Erklärungen war Klara nicht in der Lage gewesen. Die wenigen Sätze auf dem Anrufbeantworter sprachen für sich.

„Aber Henning Hinz ist doch tot?" Der Pastor schien nicht wahrhaben zu wollen, was er da gehört hatte.

„Vielleicht hat sich da jemand einen üblen Scherz erlaubt", überlegte Klara, verwarf den Gedanken aber sofort wieder. „Das kann ja kaum sein. Wer sollte denn von meinem Anruf bei Henning Hinz wissen?"

„Hast du den Hauptkommissar schon angerufen?"

„Daran habe ich noch gar nicht gedacht."

„Dann machen wir das jetzt."

Sven Krömer war nicht zu erreichen. Allerdings meldete sich nicht mehr die französische Stimme, sondern Krömer bat selbst um Nachrichten auf das Band. Klara sagte nur: „Hier Klara Klühs. Auf meinem Anrufbeantworter ist ein Mann, der behauptet, Henning Hinz zu sein."

Pastor Harmsen hatte zwischenzeitlich auch Knut Schlieker informiert, vielleicht bekam der ja Kontakt zu Sven Krömer.

„Essen?", fragte Harmsen. Klara überlegte kurz, ob sie trotz des Schocks noch Appetit haben würde. Sie würde.

Kurze Zeit später saßen Klara und Pastor Harmsen im *Godewind*, beide eine Williamsbirne vor sich. Klara war immer noch bleich, so sehr hatte sie die Nachricht auf dem Anrufbeantworter mitgenommen. Sie zitterte. „Wenn das auf dem AB tatsächlich Henning Hinz war, wer ist dann der Tote in Südfrankreich? Und wenn er es wirklich war, warum hat er sich dann so lange nicht mehr bei Dörte gemeldet und tut jetzt so, als wüsste er von nichts?"

„Keine Ahnung." Pastor Harmsen kaute an seiner Scholle. „Ist lecker", nuschelte er.

In diesem Moment ging die Tür auf und Sven Krömer betrat den Gastraum, gefolgt von Knut Schlieker. „Guten Abend allerseits!" Krömer machte ein ernstes Gesicht. „Henning Hinz hat auf Ihren AB gesprochen?" Er sah Klara eindringlich an.

„Ein Mann, der behauptet, Henning Hinz zu sein", antwortete Klara und wollte dem Hauptkommissar zu verstehen geben, dass immer noch die Möglichkeit bestand, dass Henning Hinz tot in einem Grab irgendwo in Südfrankreich lag.

„Na ja", räusperte sich Krömer. „Der Tote in Südfrankreich ist jedenfalls nicht Henning Hinz."

Klara und Pastor Harmsen blickten Krömer fragend an, nur Knut Schlieker schaute wissend.

„Dann ist Dörtes Bruder tatsächlich nicht tot?" Harmsen klang fragend, so als hätte er eine Ahnung. Die Antwort Krömers kam prompt. „Doch! Dörtes Bruder ist tot."

Der Pastor nickte. Er schien nachzudenken. Auch in Klaras Kopf rotierte es. Dörtes Bruder war tot, aber Henning Hinz lebte. Langsam dämmerte es Klara. Sie schaute zu Krömer. „Sie wissen also schon von der Zwillingsgeburt in Putbus?" Klara klang vorwurfsvoll.

„Seit einer Stunde, Miss Marple." Krömer lächelte. „Dörtes Tante hat Knut Schlieker angerufen. Das war klug von ihr. Ich nehme aber an, Sie hätten mich ebenfalls noch informiert." Wieder lächelte Krömer, und es war tatsächlich ein freundliches Lächeln.

„Ich habe tausendmal versucht, Sie anzurufen." Klara schmollte fast ein bisschen.

„Ja, meine SIM-Karte war nicht fürs Roaming freigeschaltet und ich hab keine Ahnung, wie man das umstellen kann." Krömer zuckte entschuldigend mit den Schultern.

„Das ist so ähnlich wie bei den Klingeltönen", konnte Klara sich nicht verkneifen zu sagen. Schlieker und Pastor Harmsen blickten verwirrt drein.

„Ein Insiderwitz." Krömer nickte nur. Dann setzte er noch einmal an. „Der Tote in Südfrankreich ist tatsächlich der biologische Bruder von Dörte Jensen. Das haben die Rechtsmediziner in Frankreich und in Greifswald zweifelsfrei nachweisen können. Ich habe nach dem Anruf von Renate Jensen noch den Auftrag erteilt zu untersuchen, ob es sich bei Dörte und ihrem Bruder um Zwillinge handelt. Auch das kann man herausfinden, so genau wollten es die Rechtsmediziner aber bislang nicht wissen. Ich denke aber, es besteht wohl kein Zweifel daran, wie das Ergebnis ausfallen wird."

„Na ja, noch ein Bruder von Dörte, der in der Weltgeschichte rumkurvt, wäre ja auch mehr als unwahrscheinlich." Auch Schlieker wollte offenbar etwas Sinnvolles zum Gespräch beisteuern.

„Bei all dem, was wir schon erlebt haben", murmelte Klara. „Und es ist definitiv ausgeschlossen, dass der Tote Henning Hinz ist?"

„Wir haben seine DNA mit der des Toten und der von Dörte verglichen. Keine Verbindungen erkennbar. Außerdem ist Henning Hinz vor drei Tagen achtundzwanzig geworden. Da scheidet er als Zwillingsbruder ja wohl aus." Klara biss sich auf die Lippen. Nirgendwo im Internet hatte sie etwas über Henning Hinz' Alter gefunden. Aber dreiundzwanzig wäre für einen erfolgreichen Antiquitätenhändler inklusive Ausbildung wohl doch etwas zu jung gewesen. Achtundzwanzig – das passte. Warum war ihr dieser Widerspruch nicht aufgefallen?

„Aber der Mann auf dem Anrufbeantworter hat doch gefragt, ob er sich Sorgen um Dörte machen müsse. Warum sollte er das getan haben?" Pastor Harmsen stützte seinen Kopf in beide Hände.

„Ein Bluff, ganz klar", sagte Klara.

„Aber warum?" Krömer dachte nach. „Es gibt zwei Dinge, die wir klären müssen. Was hat Henning Hinz überhaupt mit Dörte zu tun? Und was ist mit ihrem Zwillingsbruder nach der Trennung der Kinder passiert?"

„Gibt es eine Chance, diese Carmen zu finden?"

„Eine gute Idee, Herr Pastor", lobte Krömer. „Ich sehe, Frau Marple und Herr Stringer funktionieren doch noch. Allerdings wird das schwer. Denn wir haben wirklich keine Hinweise, woher die Frau kam, die in diesem Ferienhaus in Putbus entbunden hat. Wir wissen noch nicht einmal, ob ihr Name stimmt. Und wer die namenlosen Begleiter waren, davon haben wir auch keinen blassen Schimmer."

„Und was das Künstlerehepaar aus der Mühle mit der ganzen Geschichte zu tun hat, wird auch immer unklarer. Diese vorgeschobene Suche nach der verschollenen Tochter einer verstorbenen Freundin." Klara klang wütend.

„Vielleicht doch." Pastor Harmsen machte eine gedankenvolle Pause. „Vielleicht gibt es ja eine Verbindung zwischen dem Ehepaar Hinz und dem verlorenen Zwillingsbruder. Und wir sehen die nur noch nicht."

„Deshalb klären wir gerade die komplette Familiengeschichte der Hinzens." Hauptkommissar Krömer machte deutlich, dass auch er die entsprechenden

Schlussfolgerungen gezogen hatte. „Sie ahnen das ja ohnehin schon. Henning Hinz ist tatsächlich der Sohn von Frederic und Charlotte. Das haben meine Kollegen im Kommissariat mittlerweile recherchiert. Und es gab heftigen Zwist zwischen Sohn und Eltern, jedenfalls hat ein redseliger Nachbar von Familie Hinz geplaudert."

„Nachbarn? Welche Nachbarn? Hier in Vitte?" Knut Schlieker schien doch nicht alles zu wissen. Die anderen waren schneller im Denken.

„Das Ehepaar Hinz hat also mindestens einen weiteren Wohnsitz", folgerte Pastor Harmsen. „Und lassen Sie mich raten: Da haben Sie Frederic und Charlotte auch nicht angetroffen."

„Richtig", bestätigte Krömer. „Insgesamt wissen wir bislang von zwei weiteren Wohnsitzen. Ein kleines Schlösschen in der Nähe von Ueckermünde und ein Gutshaus bei Wolgast. Beide Domizile sind derzeit untervermietet."

„Und das Ehepaar Hinz ist untergetaucht. Nur warum?" Klara hatte keine Antwort auf ihre Frage. Noch nicht.

„Wir werden es herausfinden." Hauptkommissar Krömer hatte tatsächlich „wir" gesagt.

Krömer und Schlieker hatten Klara nach Hause begleitet. Beide wollten die Nachricht auf dem Anrufbeantworter im Originalton hören. Auch Pastor Harmsen war mitgegangen. „Unangenehme Stimme, die der Mann hat“, stellte Hauptkommissar Krömer nüchtern fest. „Ich glaube kaum, dass wir aus der Aufnahme noch neue Erkenntnisse gewinnen werden.“ Trotzdem gab Krömer die Anweisung, Schlieker möge das Ding einpacken, damit die Spezialisten ihre Schlüsse aus Tonfall und Wortwahl ziehen konnten. Bei der aktuellen Ermittlungslage setzte er auf die Routine. Irgendwann würde irgendwo ein Teilchen hinzukommen, das das Bild komplett machen würde.

„Irgendwie bin ich froh, dass Dörte und Henning Hinz kein Paar waren.“ Klara wusste gar nicht, warum ihr das jetzt in den Sinn kam. Aber die Vorstellung, dass der andere Henning vermutlich ein angenehmerer Mensch gewesen war als der Antiquitätenhändler, tat ihr gut. Es freute sie für Dörte.

„Ja, der junge Mann gilt allgemein als Unsympath. Wir haben eigentlich niemanden gefunden, der etwas Nettes über ihn gesagt hätte.“ Krömer hob den Zeigefinger zum Abschied an die Stirn. „Dann mal auf die Suche, Miss Marple. Mister Stringer! Wir jagen immer noch einen Mörder. Und den fangen wir nur, wenn wir alle Teile zusammenfügen.“ Damit war Krömer aus der Tür.

„Wir sollen also weiter ermitteln?“ Klara war verblüfft.

„Aber nur ein bisschen“, brummelte Schlieker. „Die wichtigen Sachen machen wir. Ich muss morgen bundesweit nach einer Frau suchen, die im Oktober vor dreiundzwanzig Jahren in Putbus Zwillinge entbunden hat. Wie das gehen soll, weiß nur der Krömer." Damit verabschiedete sich auch Schlieker.

„Warum hat Krömer eigentlich nicht gesagt, dass er Henning Hinz für den Mörder hält?" Klara blickte Pastor Harmsen an. Die Frage war plötzlich aus ihr herausgeschossen.

„Weil er sich nicht sicher ist." Harmsen rieb sich die Nase. „Und auch nicht sicher sein kann. Die Fakten geben das nicht her. Es ist nicht einmal sicher, dass beide Morde auf dieselbe Kappe gehen. Bislang haben wir zwar viele Verbindungen, aber ob die bedeutsam oder teilweise Zufall sind, wissen wir nicht. Bislang gibt es jedenfalls keine Beweise. Und vielleicht kommen nachher ein oder zwei ganz andere Mörder wie Kai aus der Kiste."

Klara musste lachen. Sie wusste, dass sich Pastor Harmsen vor allem bei Fernsehkrimis darüber aufregen konnte, wenn man fünfundachtzig Minuten mitgerätselt hatte, wer der Mörder war, und dann aus dem Nichts in den letzten fünf Minuten eine neue Figur als Täter auftauchte.

„Du meinst, die rachsüchtige Tante aus Amerika ist es gewesen?"

Über Nacht hatte es geschneit. Die Wege auf der Insel waren noch nicht geräumt, als Klara vor die Türe trat. Sie wollte unbedingt ihre kleine Runde laufen, um den

Kopf frei zu bekommen. Ihre Füße sanken tief in die pulvrige Masse, als sie mit langen ruhigen Schritten ihr Lauftempo fand. Sie bog an der Mühle ab Richtung Strand und nahm dann auf dem Deich Kurs in Richtung Neuendorf. Das Laufen tat ihr gut. Im gleichmäßigen Rhythmus des Laufens ordneten sich auch ihre Gedanken. Henning Hinz war also nicht der Vater von Dörtes Kind, dafür aber der Hauptverdächtige in drei Mordfällen, wenn man das Ungeborene mitrechnete. Der Kindsvater und Zwillingsbruder von Dörte hieß ebenfalls Henning, seine Identität war aber weiter offen. Anscheinend war auch Krömer hier nicht weitergekommen. Sollte sie doch noch einmal Dörtes Liste zur Hand nehmen und telefonieren? Das würde sinnlos sein, denn Henning, der Zwillingsbruder, war tot. Das hatte Krömer in Frankreich herausgefunden, auch wenn die Rechtsmedizin die letzten Beweise dazu noch liefern musste. Also war jetzt die Frage, warum Henning Hinz sich überhaupt bei ihr gemeldet hatte. Sie ahnte zwar, dass der Antiquitätenhändler sich schlecht tot stellen konnte, aber warum er ihren Anruf offensiv mit einem Bluff beantwortet hatte, schien ihr rätselhaft.

Mittlerweile war Klara in Neuendorf angekommen. Sie lief über freies Feld. Von Weitem winkte ihr Hanne Schluck zu, die gerade dabei war, den Weg zu ihrem Elternhaus vom Schnee zu befreien. Klara überlegte, ob sie kurz zu ihr hinüberlaufen sollte, um ihr zu sagen, dass der neue Terry Pratchett, den sie bestellt hatte, bereits angekommen war. Doch *Toller Dampf voraus* hatte bislang nicht wirklich gute Kritiken bekommen und vor allem die Übersetzung schien arg missglückt zu sein. Also sparte sich Klara den Weg und winkte einfach zurück. Sie fragte sich, ob Hanne sich jemals Gedanken über ihre Herkunft gemacht hatte. Vielleicht hatte sie keine Ahnung, dass sie ein Adoptivkind war? Dörte dagegen hatte natürlich gewusst, dass sie nicht Renate Jensens Tochter war. Trotzdem hatte sie sich offenbar kaum Gedanken über ihre Herkunft gemacht. Jedenfalls erinnerte sich Klara, dass das nie ein Thema gewesen war. Dörte war bei Tante Renate aufgewachsen und hatte ihren Namen getragen. Das war eben so und hatte etwas mit der Hiddenseer Sicht auf die Welt zu tun. Es gab Dinge, die waren so, wie sie waren. Punkt und Schluss.

Klara beschleunigte ihre Schritte. Sie hatte Neuendorf mittlerweile gute fünfhundert Meter hinter sich gelassen und den Rückweg an der Ostküste gewählt. Sie wollte den nächsten Kilometer mit einem Puls von hundertfünfzig laufen, um ihre Leistungsfähigkeit zu verbessern, und kontrollierte ihre Laufuhr deshalb mit einem geübten Blick. Dabei stolperte sie und schlug der Länge nach hin. „Autsch“, rief sie nur und ärgerte sich, als sie nach dem Grund ihres Sturzes suchte. War es eine Wurzel? Oder ein Stein, der vom Schnee bedeckt war? Sie rieb sich den Knöchel, als sie eine schnarrende Stimme hörte. „So sieht man sich wieder, oder besser“, der Sprecher räusperte sich, „so sieht man sich zum ersten Mal. Ich fürchte, es wird auch das letzte Mal sein.“

„Henning Hinz!“ Klara hatte sofort begriffen, wem diese Stimme gehörte. Sie drehte sich um, blieb aber im Schnee sitzen. Ihr Knöchel schmerzte. Sie dachte nur „Weglaufen“, aber sie war verletzt und an ein schnelles Entkommen war nicht zu denken. Der Mann ihr gegenüber wirkte nicht nur unsympathisch, er wirkte bedrohlich.

„Henning Hinz, richtig! Und Sie interessieren sich offensichtlich für mich. Genau wie Dörte. War keine so gute Idee von ihr.“

Klara atmete flach. Was sollte sie tun? Um Hilfe zu schreien, wäre vermutlich aussichtslos. Der Wind war ablandig, Neuendorf lag hinter ihr und Vitte war noch weit. Die Chance, dass Spaziergänger in der Nähe waren, hielt sie für gering. So setzte sie auf Zeitgewinn.

„Warum haben Sie mich angerufen? Ich weiß, dass Sie nicht der Vater von Dörtes Kind sind.“

„Das weiß ich auch. Nur Dörte, die dumme Gans, wusste das nicht. Hat sie dann aber schnell gemerkt, als wir telefoniert haben. Für sie war die Sache damit ja erledigt. Für mich nicht. Na ja, für sie auch nicht. Aber das konnte sie ja nicht ahnen.“ Henning Hinz kicherte. Ein Kichern, das nach Wahnsinn klang.

„Sie haben Dörte umgebracht.“ Klaras Stimme zitterte.

„Ich habe sie erwürgt, um genau zu sein. Mit einem Schal. Ich habe eine ganze Sammlung davon.“ Seine Stimme nahm einen noch unangenehmeren Tonfall an. Henning Hinz klang jetzt gefährlich. „Die

Schals habe ich mit meinem Familienwappen besticken lassen, ich lege Wert auf Tradition."

„Sie sind ja wahnsinnig", stammelte Klara, immer noch in der Absicht, Zeit zu gewinnen. Ihr Gegenüber schien wütend zu werden. „Das sagen immer alle. Mein verrückter und unfähiger Vater genauso wie meine Mutter, die sich die Haare schlecht färbt, um damit ihr Selbstwertgefühl zu steigern. Hören Sie mir bloß auf! Diese ganze mittelmäßige Mischpoke. Verrat auf der ganzen Linie. Null Sinn für Traditionen. Und Dörte und Henning, das ging gar nicht. Und ein Kind schon überhaupt nicht."

„Aber Sie sind doch Henning?" Klara versuchte, das Gespräch im Fluss zu halten, wenn sie auch nicht wusste, wohin das führen sollte.

„Sie enttäuschen mich. Oder Sie spielen mit mir? Vermutlich. Sie wissen, dass ich nicht der Vater von Dörtes Kind bin. Und Sie wissen, dass es einen zweiten Henning gibt. Offensichtlich wissen Sie aber noch nicht, wer das ist. Doch leider dauert Ihr Leben nicht mehr lange genug, um das in Erfahrung zu bringen."

In diesem Moment sah Klara den Schal, den Hinz aus seiner Jackentasche zog. Ein Kaschmirschal, rosarot, mit einem eingewebten Wappen. Sie konnte es nicht richtig erkennen und ahnte ihn doch, den Pfau, der auf einer Weltkugel thronte. Henning Hinz kam näher. „Es dauert nicht lange. Dörte hat nach wenigen Sekunden aufgehört, Widerstand zu leisten. Ich habe gelesen, es gibt schlimmere Arten zu sterben."

Klara hatte nicht vor zu sterben. Sie suchte fieberhaft nach einem Ausweg, saß aber immer noch fast bewegungsunfähig im Schnee. „Aber das ist doch sinnlos“, keuchte sie. „Was habe ich denn mit der ganzen Geschichte zu tun? Was haben Sie davon, mich umzubringen? Drei Menschen auf dem Gewissen, reicht das nicht?“

„Ich glaube, bei Gott gibt es Mengenrabatt. Sie können ja mal Ihren Freund, den Pastor, fragen. Und aufs Paradies mache ich mir ohnehin wenig Hoffnungen bei meinem Sündenregister. Obwohl, Gott vergibt doch letztendlich allen. So hat es der Harmsen in seiner Silvesterpredigt gesagt.“ Henning Hinz grinste. „Der Chor hat übrigens wunderbar gesungen. Schade nur, dass eine Altstimme fehlte.“

„Sie waren...?“

„Im Gottesdienst. Ich wollte sehen, ob sie alle Dörte vermissen würden. Mein Vater würde vermutlich wieder sagen, ich bin verrückt. Aber glauben Sie nicht, dass ich mir keine Gedanken mache. Ich habe ein Gewissen, nämlich das Wissen darüber, dass meine Taten für andere Konsequenzen haben. So habe ich das mal im Religionsunterricht gehört.“

„Verdammt noch mal, warum machen Sie das dann?“ Klara war zwar nicht in der Position, wütend zu werden, wurde es aber trotzdem.

„Das Leben ist manchmal ungerecht. Und dann muss man das Schicksal eben korrigieren.“ Henning Hinz klang immer noch nicht sympathisch, dennoch bekam Klara eine Ahnung davon, dass einiges im Leben des Antiquitätenhändlers aus Greifswald schiefgelaufen sein musste.

„Aber Dörte hat Ihnen doch gar nichts getan.“ Klaras Atem wurde wieder ruhiger. Gleichzeitig wusste sie, der Versuch, weitere Zeit zu gewinnen, war überlebensnotwendig. Sie fixierte ihren Gegner, der immer noch den Schal in der Hand hielt, und schielte gleichzeitig nach einem großen Stein, der unter einem Sanddornbusch in ihrer Nähe lag. Zwei Meter waren es bis dorthin, aber würde sie die schaffen mit ihrem lädierten Knöchel, bevor Henning Hinz über ihr war?

„Dörte existierte. Und Dörte war schwanger. Dieses Kind hätte meine Pläne durchkreuzt. Dass meine Eltern auch auf der Suche nach Dörte waren, wusste ich zuerst gar nicht. Aber ich war schneller. Gut, dass Dörte mich angerufen hat. Ohne ihren Anruf hätte ich sie wohl nicht gefunden. Das Glück des Tüchtigen. Ja, eine Verkettung von Zufällen und glücklichen Umständen. Für Dörte natürlich nicht.“ Wieder kicherte Henning Hinz, der seine Position offensichtlich genoss, was Klara sofort als Chance begriff.

„Verstehe ich nicht“, sagte sie und robbte vorsichtig ein kleines Stückchen näher in Richtung Sanddornbusch. „Wie konnten Sie denn wissen, dass Dörte die Frau war, nach der Ihre Eltern gesucht haben?“

„Das wusste ich doch gar nicht. Ich dachte, Sie sind so schlau? Kleine Bibliothekarin, Sie enttäuschen mich. Ich habe nur gewusst, dass mein Cousin Henning Tarnow eine Freundin hier auf der Insel hat. Der redselige Kerl konnte in Faugères vor Glück ja kaum laufen. Dabei hatten wir schon lange kein gutes Verhältnis mehr zueinander. Trotzdem hat er sofort zugesagt, als ich ihn gefragt habe, ob wir gemeinsam ein paar Tage im Landhaus meiner Großeltern verbringen wollen, um die guten alten Zeiten wieder aufleben zu lassen, die wir dort als Kinder hatten. Die Gegend ist echt schön. Sollten Sie mal hinfahren. Na ja, geht jetzt wohl nicht mehr. Jedenfalls: Das hat ihm wohl gefallen. Und in Faugères hat er dann geblubbert und geblubbert, weil er glaubte, ich hätte ihn zu einer Versöhnungsfeier eingeladen, dabei war es ein Requiem. Sie sehen: Liebe macht nicht nur blind, sondern offenbar auch blöd. Egal, als Dörte bei mir anrief und mich fragte, ob ich nicht Lust hätte, der Erzeuger ihres Kindes zu sein, da habe ich einfach eins und eins zusammengezählt. So viele Hennings aus Greifswald, die eine junge Insulanerin schwängern, konnte es kaum geben. Und da ich meinen lieben Cousin ja schon um die Ecke gebracht hatte, musste jetzt eben auch Dörte dran glauben. Dass ich damit zwei Fliegen mit einer Klappe geschlagen hatte, begann ich erst zu begreifen, nachdem ich meinem Vater hier auf Hiddensee begegnet bin."

Klara begann, Zusammenhänge zu sehen. Ihr Gehirn arbeitete schnell, und obwohl sie selbst in Lebensgefahr schwebte, spürte sie trotzdem eine Lust, dem Geheimnis auf den Grund zu kommen. „Sie wussten also, dass Ihr Cousin und Dörte Zwillinge waren."

„Als ich meinen Vater auf der Insel sah, wurde mir das schlagartig bewusst. Und wenn man genau hinschaute, dann gab es ja auch optische Ähnlichkeiten, wie bei zweieiigen Zwillingen üblich. Nur mein Vater, der alte Zauderer, hat das nicht gesehen. Dabei sah Dörte sogar ein bisschen meiner Mutter ähnlich." Henning Hinz giggelte. „Ha, da hat der gute Henning, Gott hab ihn selig, seine eigene Schwester gevögelt und geschwängert. Und er hatte keinen blassen Schimmer davon. Und ich hab's sofort kapiert. Sehen Sie, auch ich habe einen kriminalistischen Instinkt. In einem anderen Leben würden wir zwei vielleicht gut zusammenpassen. Schade eigentlich."

Klara fand das überhaupt nicht schade. Aber sie spürte, dass sich Henning Hinz in seiner Rolle gefiel. Unbemerkt war sie dem Sanddornbusch wieder ein kleines Stück näher gekommen. Der Mann, der Dörte ermordet hatte, schien seine eigene Performance so großartig zu finden, dass er die auf dem Boden sitzende Klara kaum beachtete, sonst wäre ihm aufgefallen, was sie vorhatte.

„Aber was haben Sie davon, dass Henning und Dörte tot sind?" Klara sah in seinen Augen, dass die Frage ein Fehler war. Seine Stimme wurde wieder kalt und schnarrend.

„Ich glaube, wir haben genug geplaudert, du kleine Wichtigtuerin." Er straffte den rosaroten Schal in seinen Händen und bewegte sich auf Klara zu. Zum ersten Mal spürte Klara so etwas wie Panik in sich aufsteigen. Mit aller Kraft versuchte sie, den Stein unter dem Sanddornbusch zu erreichen, doch Henning Hinz war schneller und schon über ihr. „Schade für die Inselkinder, dass ihnen nun keiner mehr die Welt von

Pippi, Tom und Annika erklären wird." Er lachte irre. Klara fühlte das weiche Kaschmir des Schals, dann zog Henning Hinz mit aller Kraft zu.

Das Nächste, was Klara hörte, war ein dumpfer Schlag. Sie spürte Hände an ihrem Hals, die den Schal lösten. Sie hustete. Aber sie hatte überlebt. Frederic Hinz sah sie besorgt an. Dann lächelte er.

Das Kantholz, mit dem Frederic Hinz seinen Sohn ins Reich der Träume geschickt hatte, lag im Schnee. Knut Schlieker war keine zwei Minuten später am Tatort. Der Maler musste ihn verständigt haben, bevor er losgezogen war, um Klara zu retten. Auch Jasper Wolter, der Inselarzt, war schon zur Stelle und sah zuerst nach der Verletzten, die immer noch hustete und sich den Fuß hielt. Er legte ihr eine Rettungsdecke um die Schultern und verarztete den Knöchel mit Eisspray, das schnell seine Wirkung tat. Klara blickte zu Frederic Hinz: „Wie konnten Sie das wissen?"

„Später", antwortete der Mann mit dem grauen Pferdeschwanz. „Ich habe Ihnen einiges zu erklären."

Frederic Hinz hatte ordentlich zugeschlagen. Jasper Wolter stellte besorgt fest, der Patient habe eine Schädelfraktur erlitten. „So was kann tödlich sein", sagte er.

„Wer sich in Gefahr begibt, kommt darin um." Frederic Hinz klang bitter. „Wollen Sie mich jetzt festnehmen?“ Er hielt Knut Schlieker beide Arme ausgestreckt entgegen.

„Das wird wohl nicht nötig sein.“ Die Stimme Sven Krömers war bestimmend. „So wie sich das hier darstellt, ein klarer Fall von Nothilfe. Frau Klühs, das können Sie sicher bestätigen?“

„Ja“, flüsterte Klara nur. Erst jetzt drang voll in ihr Bewusstsein, dass sie fast Dörtes Schicksal erlitten hätte. Warum nur hatte Dörte niemand geholfen?

„Geistlicher Beistand ist auch schon unterwegs“, Krömer versuchte, locker zu klingen, was nur halbwegs gelang. „Ich habe mir erlaubt, ein Einsatzfahrzeug mitzubringen. Das holt den Pastor.“ Er legte Klara seine Hand auf die Schulter, aber die Geste war weder überheblich noch peinlich.

„Das war gefährlich“, sagte er, und seine Stimme klang warm.

„Aber ich konnte doch nichts dafür“, Klara war kurz davor, schon wieder wütend zu werden.

„Ich weiß.“ Krömer nickte. „Henning Hinz ist sehr geschickt vorgegangen. Hat peinlich genau darauf geachtet, dass niemand ihn beobachtet. Kam nicht mit der Fähre, sondern mit einem kleinen Motorboot, das er auf einem Hänger transportiert und irgendwo unbeobachtet zu Wasser gelassen hat. Wir gehen davon aus, dass er im Naturschutzgebiet an Land gegangen ist. Das hat er vermutlich auch an Silvester so gemacht. Deshalb gab es auch keine Hinweise, außer die der beiden Spaziergänger.“

„Aber...“, Klara musste den Satz nicht zu Ende sprechen.

„Ich habe ihn gesehen.“ Frederic Hinz klang müde. „Ich habe erwartet, dass er kommt. Ich bin seit gestern wieder auf der Insel und beobachte den Strand. Ich ahnte, wo er landen würde. Fragen Sie mich nicht warum, ich wusste es sogar. Und ich hatte recht.“

„Und es war gut, dass Sie uns sofort informiert haben.“ Knut Schlieker klang dienstbeflissen. „Allerdings erklärt das nicht, warum Sie vorher abgetaucht sind.“

Frederic Hinz seufzte. „Ich wollte den Kopf freibekommen. Ich sagte ja schon, ich muss einiges erklären. Aber vielleicht sollten dann ein paar Menschen mehr dabei sein.“

Pastor Harmsen im Einsatzwagen und der Rettungshubschrauber kamen gleichzeitig am Tatort an. Harmsen erregte weniger Aufsehen, eilte gleich auf Klara zu und nahm sie in den Arm. „Mensch, Mädchen...“, mehr brachte er nicht heraus.

Jasper Wolter gab letzte Anweisungen, wie der Verletzte zu transportieren sei. Das Krankenhaus in Stralsund war informiert und der Inselarzt bestieg den Helikopter, ein Polizist begleitete ihn, denn schließlich war ein mutmaßlicher Mehrfachmörder zu bewachen. Der Hubschrauber hob ab und rotierte Richtung Festland.

„Ich hoffe, er überlebt“, sagte Klara grimmig. „So einfach soll der sich nicht aus der Sache verabschieden können.“ Die Wut kam zurück. Die Wut, ausgeliefert gewesen zu sein, die Wut, dass da einer sich zum Herrn über Leben und Tod aufgespielt hatte. Aber da war auch noch ein anderes Gefühl. Sie erinnerte sich, dass sie während ihrer Begegnung mit Henning Hinz sogar Verständnis für ihn empfunden hatte. An das Gefühl, dass etwas ordentlich schief gelaufen sein musste in seinem Leben. Wieder kam ihr Frederic Hinz zu Hilfe. „Frau Klühs, wir werden über alles reden. Ich habe ein paar Fehler gemacht in meinem Leben. Dass Henning geworden ist, wie er ist, liegt nicht nur an ihm. Aber vielleicht habe ich jetzt einmal etwas richtig gemacht."

Klara und Pastor Harmsen schauten sich an. Und auch Hauptkommissar Krömer dachte offenbar darüber nach, wie Frederic Hinz diesen Satz gemeint haben könnte. Sollte er bewusst hart zugeschlagen haben?

„Ich muss jetzt nach Stralsund ins Krankenhaus. Es ist immer noch mein Sohn, der da liegt. Ich muss jetzt bei ihm sein. Kommen Sie uns morgen in der Mühle besuchen. Und bringen Sie Renate Jensen mit. Auch sie soll die ganze Geschichte hören."

Inselpolizist Schlieker wollte intervenieren, aber Sven Krömer hatte schon zwei Streifenbeamte beauftragt, Frederic Hinz zum Hafen zu bringen und seine Frau Charlotte auf dem Weg dorthin abzuholen. „Schon gut", sagte er mit Blick auf Schlieker. „Morgen ist früh genug. Ohne ihn wäre das böse ausgegangen. Und heute stirbt keiner mehr, außer ..." Er blickte zu Boden. Frederic Hinz nickte dankbar. Dann winkte er Klara zu. Klara hob kurz die Hand und sah, dass Frederic Hinz in der letzten halben Stunde, so wenig Zeit war vergangen, nachdem er seinen Sohn niedergeschlagen hatte, um Jahre gealtert war. Er tat ihr leid.

Pastor Harmsen hatte darauf bestanden, Klara nach Hause zu begleiten. Die humpelte zwar noch, konnte aber bereits wieder auftreten. Knut Schlieker und Sven Krömer akzeptierten das sofort und schoben vor, sie hätten noch am Tatort zu tun. Das war eine glatte Lüge, denn es gab nichts mehr zu ermitteln, was auch daran lag, dass der geplante Mord nicht stattgefunden hatte. Das Kantholz war asserviert worden, die Beweislage war eindeutig.

Klaas Harmsen und Klara gingen langsam. „Ich habe solch eine Angst um dich gehabt." Der Pastor klang traurig. „Und ich war nicht da."

„Aber du konntest doch nicht wissen, dass Henning Hinz auf der Insel ist."

„Nein, aber das Gefühl, einem Menschen, dem man verbunden ist, im entscheidenden Moment nicht helfen zu können, das macht mich fertig. Immer noch." Harmsen schluckte. Und Klara spürte, dass sie sich zum ersten Mal in all den Jahren richtig nahe kamen.

„Du sprichst von deiner Frau, und dass du ihr nicht helfen konntest?"

„Ja", Harmsens Stimme klang fest. „Ich habe darüber nur mit ganz wenigen Menschen sprechen können. Mir ist damals der Boden unter den Füßen weggebrochen. Ich hätte stark sein müssen. Stattdessen war ich verzweifelt. Meine Frau war die Starke."

„Und du machst dir immer noch Vorwürfe, dass du nicht der Starke warst?" Klara nahm Harmsens Hand. Der nickte. „Weißt du, ich habe all diese Fortbildungen besucht. Und doch gibt es Situationen, da bist du sprachlos. Es gibt nichts zu sagen. Meine Frau stirbt an einer Scheißerbkrankheit. Der alte, freundliche Kollege, der sie beerdigt hat, sagte dann noch: Gott hat es gefallen, unsere Schwester Heide Harmsen abzuberufen. So ein Quatsch. Das kann Gott doch nicht gefallen haben. Verdammt noch mal. Sonst könnte ich nicht mehr Pastor sein, und ich bin gern Pastor."

„Und du bist ein guter Pastor." Klara drückte Klaas Harmsens Hand fester.

„Aber heute habe ich die Gefahr gar nicht kommen sehen." Harmsen sah Klara an.

„Du bist jetzt da. Das ist das Wichtigste."

Beide schwiegen für den Rest des Weges.

Die Bücherei blieb an diesem Tag geschlossen. Die Nachrichten über die Geschehnisse auf der Insel hatten sich wie ein Lauffeuer verbreitet und die Eltern dafür gesorgt, dass Klara an diesem Nachmittag keinen Besuch des Pippi-Langstrumpf-Fan-Clubs bekam. Gedankenverloren stellte sie ein paar Bücher in die Regale zurück, die sie schon seit Tagen sortieren wollte. Sie hatte sich von Pastor Harmsen verabschiedet, indem sie ihn lange umarmt hatte. Die körperliche Nähe half den Seelen der beiden. Aber jetzt suchte Klara Abstand. Dennoch öffnete sie die Tür, als es klopfte. Sven Krömer stand davor, eine Flasche in der Hand.

„Gläser haben Sie sicher?“ Krömer hob die schmale Flasche und hielt sie ins Licht.

„Wassergläser?“ Klara lächelte, hatte sie den Inhalt der Flasche doch längst erkannt.

„Mein Vater brennt selbst.“ Krömer zog den Korken. „Er hat eine Obstwiese in Lieschow. Und in den Brand kommt alles rein, was die Wiese liefert. Allerdings nicht wahllos. Er lagert das Obst in seiner Garage, und was braune Stellen bekommt, sortiert er aus. Und dann macht er drei Brenndurchgänge.“

Klara stellte zwei bauchige Wassergläser auf den Tisch. „Na dann!“ Sie grinste.

„Dass Henning Hinz wirklich noch einmal hier auftaucht, konnte ja wohl keiner ahnen.“

„Wir haben es vermutet“, antwortete Krömer lakonisch. „Wir haben ihn nur nicht erwischt. Ich habe erwartet, dass er mit dem Boot kommt. Wir haben unsere Leute darauf angesetzt, und wer findet ihn? Frederic Hinz.“ Nachdenklich leerte Krömer sein Glas.

„Vielleicht sind sich Vater und Sohn näher, als sie denken.“ Klara hob das Wasserglas und freute sich, dass noch Schnaps darin war. „Ich bin jedenfalls froh, dass ich noch lebe!

Klara hatte wild geträumt und erwachte schweißgebadet. Sie hatte damit gerechnet, im Traum die Geschehnisse des letzten Tages zu verarbeiten. Die schnarrende Stimme und das Kichern von Henning Hinz hatten sich tief in ihrem Unterbewusstsein eingenistet. Und im Traum hatte sie geglaubt, seinen Atem erneut in ihrem Nacken zu spüren. Das hatte sie in Panik versetzt. Gleichzeitig hatte sie aber auf einer anderen Ebene des Bewusstseins schon realisiert, dass sie träumte, und sich selbst zum Aufwachen gezwungen. Sie fand das immer wieder faszinierend, dass sich das Aufwachen tatsächlich per Befehl steuern ließ. Sie stand auf, obwohl es erst vier Uhr morgens war, und bereitete sich einen Kamillentee. Dann schlurfte sie nach unten, schaltete überall das Licht an und begann aufzuräumen. Sie suchte bewusst die Ablenkung. Sie musste noch sechs Stunden Geduld aufbringen, bis sie Antworten auf ihre Fragen bekommen würde. Für zehn Uhr hatte sie sich mit Klaas Harmsen verabredet, um gemeinsam zur Mühle zu gehen.

Nachdenklich strich sie mit dem Finger über den Einband eines alten Agatha-Christi-Krimis, *Die Tote in der Bibliothek*. Dann sortierte sie das Buch in das entsprechende Regal ein. Sie musste an Krömer denken, der bei ihrer zweiten Begegnung Wert auf die Feststellung gelegt hatte, kein Whisky trinkender und fluchender Einzelgänger zu sein. Sein Obstbrand hatte es in sich gehabt, ihren Traum hatte er dennoch nicht verhindert. Der Tee tat ihr gut. Und als die Sonne aufging, herrschte wieder Ordnung in der kleinen Inselbücherei. Ordnung, so wie sie es mochte.

Um kurz vor zehn hatte sich vor der alten Mühle eine kleine Menschengruppe gebildet. Sven Krömer und

Knut Schlieker waren genauso gekommen wie Renate Jensen und ihre Schwester Inge, dazu noch Klara und Pastor Harmsen. Sie alle waren gespannt auf das, was Frederic und Charlotte Hinz ihnen zu sagen haben würden.

Als der Maler die Tür öffnete, sahen die Besucher sofort, dass er kaum geschlafen haben konnte. Er wirkte angespannt und konzentriert, als er die kleine Gruppe hereinbat. Wieder streifte Klaras Blick im Hineingehen das Foto der beiden Jungen, das im Eingangsbereich hing. Und jetzt sah sie es. Der jüngere musste Dörtes Bruder gewesen sein. So ähnlich hatte Dörte als kleines Mädchen auch ausgesehen. Und vermutlich war das Foto vor dem Landsitz der Großeltern in Faugères aufgenommen worden. Ohne dass ein Wort gesprochen worden war, hatte sie schon erste Antworten auf ihre Fragen bekommen.

In der Mühle war es angenehm warm und die Blicke der Besucher richteten sich gebannt auf das Ehepaar.

„Ich muss weit ausholen", begann Frederic Hinz. „Meine Frau ist eine geborene Tarnow. Ursprünglich sogar eine von Tarnow, aber den Adelstitel hatte sie in einer Form jugendlichen Protests gegen die Eltern bereits abgelegt, als wir uns kennenlernten. Ihr Bruder Bernhard dagegen war ganz der Sohn seines Vaters und legte größten Wert auf seine Herkunft."

Charlotte Hinz nickte, kommentierte das Gesagte aber nicht. Offenbar hatte sie mit ihrem Mann abgesprochen, dass er das Wort führen sollte.

„Mein Schwager und seine Frau Isabelle heirateten ein Jahr vor uns. Sie feierten ein rauschendes Fest und die Eltern waren stolz, dass die Dynastie der von Tarnows weiterbestehen würde. Unserer Hochzeit blieben meine Schwiegereltern dagegen fern. Dass meine Frau künftig lieber meinen Namen tragen wollte, hätten sie vielleicht noch verwunden, aber die Ehe mit einem begabten, aber erfolglosen Jungkünstler hielten sie nicht für standesgemäß. Sie haben mir damals unverblümt vorgeworfen, ich sei nur an Charlottes Mitgift interessiert. Auch Bernhard und Isabelle zeigten uns die kalte Schulter, was ich bei meiner Schwägerin nie verstanden habe, denn sie kam aus einem aufgeklärten Elternhaus. Ihr Vater war ein mittelständischer Unternehmer und vertrat liberale Positionen. Aber offenbar hatte Bernhard in dieser Ehe die Hosen an."

Frederic Hinz sah seine Frau an, die es sich in einem Korbstuhl bequem gemacht hatte.

„Das Verhältnis zwischen meinen Schwiegereltern und uns hat sich aber bald wieder gebessert. Denn obwohl Bernhard und Isabelle sich fleißig bemühten, kündigte sich kein Nachwuchs an. Bei Charlotte und mir dagegen klappte es recht schnell. Und als wir unseren Sohn dann auch noch nach seinem Urgroßvater Henning nannten, sahen die Großeltern darin wohl ein Zugeständnis unsererseits an die Familientradition." Frederic Hinz machte eine Pause, die seine Frau nutzte. „Dabei fand ich den Namen einfach nur schön. An Opa Henning hatte ich dabei gar nicht gedacht. Es war uns aber ganz recht, wie meine Eltern das interpretierten. Denn wir wollten ja, dass unser Kind eine Beziehung zu seinen Großeltern aufbauen konnte." Dann schwieg Charlotte wieder. Ihr Mann hatte zwischenzeitlich seine Gedanken neu sortiert und fuhr fort: „Die Großeltern kümmerten sich sehr liebevoll und intensiv um Henning. Bei Bernhard und Isabelle tat sich in Sachen Kinder dagegen weiterhin nichts. Also wurde ärztliche Hilfe zu Rate gezogen. Die Diagnose war niederschmetternd: Isabelle konnte keine Kinder bekommen."

„Das Verhältnis zwischen meinem Bruder und mir litt darunter sehr", Charlotte Hinz hatte beschlossen, sich nun doch mehr an der Geschichte zu beteiligen. „Wir haben uns nie sonderlich gut verstanden. Er war das genaue Gegenteil von mir. Aristokratisch bis zum geht nicht mehr. Traditionsbewusst. Ganz sein Vater, dachte ich immer. Ich dagegen hatte das künstlerische Naturell meiner Mutter geerbt. Jedenfalls konnte es mein Bruder nicht verwinden, dass plötzlich seine kleine Schwester in der Gunst der Eltern so deutlich vor ihm stand, weil sie etwas hatte, was er nicht liefern konnte: ein Kind! Noch dazu einen Sohn, der den Fortbestand des Hauses sicherte."

„Und deshalb…", erklärte Frederic Hinz weiter „…musste ein Kind her. Ein eigenes natürlich. Also wurde eine Leihmutter gesucht."

„Damals haben wir das gar nicht mitbekommen. Es herrschte lange völlige Funkstille zwischen meinem Bruder und mir. Wir haben die ganze Geschichte erst vor einem Jahr erfahren."

„Charlotte, bitte, es ist kompliziert genug. Außerdem spielt es doch keine Rolle, wann wer was gewusst hat."

„Für mich schon, das berührt ja auch moralische Fragen." Charlotte Hinz schien dieser Punkt wichtig, doch die Blicke der Anwesenden richteten sich wieder auf Frederic Hinz.

„Jedenfalls fand Bernhard damals eine Leihmutter, die wurde schwanger und der Familie wurde stolz ein weiterer Henning präsentiert, ein Henning von Tarnow. Ich kann mich noch gut an das Babyfoto erinnern. Ein rosiger Junge, in einem rosaroten Schlafsack, der das Familienwappen trug, einen Pfau auf einer Weltkugel."

„Kunstgewerblicher Kitsch, den ein Hobbygrafiker am Anfang des letzten Jahrhunderts für die Familie gefertigt hat. Zugleich eine Anspielung auf Schloss Pfauensee, den Sitz der Familie damals, von dort aus meinte man über der Welt zu thronen." Der Sarkasmus in Charlotte Hinz' Stimme war nicht zu überhören.

„Dass die Leihmutter nicht nur einen Sohn, sondern auch eine Tochter geboren hatte, wissen hier ja nun mittlerweile alle. Eure Dörte. Und wie sie auf die Insel kam, ist auch klar."

„Ja, aber…", Klara insistierte. „Warum sind denn nicht beide Kinder bei Ihrem Bruder und seiner Frau aufgewachsen?"

„Genau das ist ja der Skandal", Charlotte Hinz klang aufrichtig empört. „Sie wollten nur den Jungen, das Mädchen hatten sie nicht bestellt."

„Es war wohl so", versuchte Frederic Hinz eine Erklärung, „dass Isabelle sich ohnehin nicht damit anfreunden konnte, ein Kind großzuziehen, das ihr Mann mit einer anderen Frau gezeugt hatte. Sie war rasend eifersüchtig und hat immer wieder unterstellt, dass Bernhard ein Verhältnis mit der Leihmutter habe. Als dann klar war, dass Carmen Zwillinge bekommen würde, hat Isabelle sich geweigert, die Mutter für beide Kinder zu spielen, und Bernhard hat das akzeptiert, weil er seine Ehe ernsthaft in Gefahr sah. Carmen bekam doppelt so viel Geld wie vereinbart, damit sie sich um das zweite Kind selbst kümmern konnte."

„Ich glaube, Bernhard hat gar nicht gewusst, was er da anrichtet", ergänzte Charlotte. „Er hat die Frau geschwängert und wollte dann einfach nur das Baby abholen wie eine bestellte Ware. Komplikationen waren nicht vorgesehen."

„Jedenfalls hatten nun auch Bernhard und Isabelle ihren Stammhalter, und beide spielten vor unseren Eltern die glückliche Familie. Dörte dagegen wurde das Kind von Renate Jensen. Soweit ich das beurteilen kann, kein schlechtes Schicksal." Frederic Hinz atmete tief ein und Renate Jensen lächelte traurig. Draußen hatte es begonnen zu schneien. In der Mühle herrschte Schweigen. Die Anwesenden mussten den ersten Teil dieser absonderlichen Familiengeschichte erst einmal verdauen.

„Eines verstehe ich nicht", Klara versuchte ihre Gedanken zu bündeln. „Wenn Bernhard und Isabelle das zweite Kind nicht wollten, warum überlassen sie der Leihmutter dann Strampler und Schlafsack mit Familienwappen? Sie mussten doch damit rechnen, dass irgendwann jemand die Zusammenhänge aufdeckt?"

„Entweder, mein Bruder war einfach nur doof, oder aber er hat schon damals gespürt, dass sein Verhalten höchst unmoralisch und herzlos war. Vielleicht wollte er die Tür für einen Rückweg öffnen, den er aber zeitlebens nie gegangen ist."

„Nur fürs Protokoll...", Kurt Schlieker zog die Blicke auf sich. „Ihr Bruder ist tot?"

„Fast alle Beteiligten dieser Geschichte sind tot." Frederic Hinz schaute ernst. „Erst als das Sterben begann, kamen die alten Geschichten nach oben. Und ich bin noch lange nicht fertig. Denn Sie sollen verstehen, was mein Sohn angerichtet hat und warum." Er seufzte.

„Unser Henning wurde durch seinen Cousin zur Nummer zwei bei den Großeltern. Eine Degradierung. Er war fünf, als sein Cousin geboren wurde, und er fühlte sich bis dahin wohl als kleiner Lord. Und dann kam das Kind meines Schwagers und die Großeltern liebten es noch mehr als ihn. Nicht, dass er das als Kind so hätte formulieren können. Aber gespürt hat er es. Denn Henning war durchaus sensibel. Er hat auch künstlerisches Talent entwickelt, aber das ist eine andere Geschichte. Spätestens in der Pubertät merkte er deutlich, dass Oma und Opa seinen Cousin klar bevorzugten. Dabei tat unser Sohn alles, um den Großeltern zu gefallen. Man könnte sagen, er verhielt sich loyal zu Thron und Flagge. Und während sein Cousin sich später immer deutlicher von der Familientradition abnabelte und auch gegen seine Eltern rebellierte, sog unser Henning alles auf, was mit dieser Tradition zusammenhing. Er tat alles, um seinem Großvater zu imponieren. Sogar Schloss Pfauensee wollte er wieder aufbauen, obwohl an dessen Stelle längst ein Industriepark stand. Jedenfalls wurde das Familienwappen für Henning so eine Art Fetisch, was Charlotte überhaupt nicht gut fand. Wir hätten seinen Status verspielt, hat Henning uns immer vorgeworfen. Während seiner Ausbildung in England wurde er dann Mitglied eines Clubs, in dem nur Adelige verkehrten. Dazu benutzte er den Namen Henning von Tarnow und das Wappen der Familie. Aber er hatte nicht damit gerechnet, dass der Club Nachforschungen anstellt. Und als die Snobs herausgefunden hatten, dass unser Sohn den Adelstitel eigentlich nicht führen durfte, haben sie ihn achtkantig rausgeworfen. Und seine Freundin, die Tochter eines Earls, hat ihm daraufhin den Laufpass gegeben. Damit war dann auch unser Verhältnis zu unserem Kind ruiniert. Denn er fand sich bestätigt: Wir sind schuld, weil wir ihm seinen Platz in der Gesellschaft verbaut haben."

Die Schneeflocken vor dem Fenster tanzten jetzt wilder als zuvor. Offenbar war ein leichter Wind aufgekommen. Doch dafür hatten das Ehepaar Hinz und seine Gäste keine Augen. Frederic Hinz hatte sich einen Whisky eingegossen. Den anderen hatte er bedeutet, sie mögen sich selbst bedienen, doch außer Knut Schlieker nahm niemand das Angebot an.

„Dann starben Bernhard und Isabelle bei einem Autounfall. Unser Neffe war gerade sechzehn und die

Großeltern nahmen ihn natürlich auf. Aber Henning war so anders als sie und auch seine Eltern. Er hinterfragte den Reichtum, er hinterfragte den Standesdünkel, er hinterfragte die komplette Familientradition. So gesehen war er Charlotte ähnlicher als seinem Vater." Charlotte lächelte traurig, als sie sagte: „Und unser Sohn hätte viel besser zu Isabelle und Bernhard gepasst. Schon merkwürdig, was das Leben manchmal mit uns macht."

„Henning blieb bei seinen Großeltern, bis er fast neunzehn war. Mit dem Abitur in der Tasche zog er aus. Seine Eltern hatten ihm genug hinterlassen, damit er auf eigenen Füßen stehen und studieren konnte. Er ging nach Greifswald und tilgte als Erstes das ‚von' aus seinem Namen. Unser Sohn nutzte die entstandene Lücke und versuchte, die Gunst der Großeltern zurückzugewinnen. Doch viel Zeit dazu hatte er nicht, denn kurz darauf starb mein Schwiegervater. Das war vor zwei Jahren."

„Immerhin hatte mein Vater noch ein Testament aufgesetzt, in dem er beide Enkel fürstlich bedachte. Uns dagegen hat er wegen groben Undanks vom Erbe ausgeschlossen."

„Fürstlich", murmelte Klara und musste grinsen. Auch Pastor Harmsen war die aristokratische Konnotation sofort aufgefallen. Wie gleich doch er und Klara tickten, dachte er kurz.

Charlotte Hinz hatte ihre Worte mit Bedacht gewählt. „Natürlich hätten wir ein solches Testament anfechten können, aber warum? Frederic verdient viel Geld mit seiner Malerei und meine Bücher verkaufen sich auch nicht schlecht. Und unserem Sohn hat das ja gefallen."

„Vermutlich doch nicht so sehr", schaltete sich jetzt Hauptkommissar Krömer ein. Und dann, mit Blick auf Klara und Pastor Harmsen: „Sie wissen, worauf ich hinaus will?"

Klaras kriminalistischer Spürsinn war geweckt. „Das ganze Erbe", sagte sie nur.

„Richtig. Das wäre ein Motiv." Der Pastor schaute Frederic Hinz an. „Schätzen Sie Ihren Sohn so ein, dass er für das ganze Erbe morden würde?"

„Er hat es getan. Sogar zweimal", antwortete Frederic.

„Aber hätte nicht die Großmutter über das Erbe verfügen können?" Klara hatte offenbar den Punkt getroffen, denn Frederic bestätigte: „Das hat sie. Denn rechtlich gesehen war das Testament meines Schwiegervaters gar nicht gültig. Alles, was die von Tarnows besitzen, gehörte meiner Schwiegermutter. Aber sie liebte ihren Mann. Und als der im Alter geistig nachließ, wir sprechen hier von Demenz, hat sie ihn gewähren lassen in seiner Fantasiewelt. Ihr Anwalt hat sie dabei immer gut beraten, und meine Schwiegermutter hatte einen klaren Plan."

Charlotte musste grinsen. „Ich habe das selbst auch erst nach Vaters Tod verstanden. Die von Tarnows waren zwar alter Adel, aber pleite. Meine Mutter stammte aus einer reichen Fabrikantenfamilie und hat mit der Heirat meinem Vater ermöglicht, sein Gesicht zu wahren und seinen Standesdünkel weiter zu pflegen. Aber mein

Großvater hat schon darauf geachtet, dass ein Ehevertrag geschlossen wurde, der die Besitzverhältnisse zwischen meiner Mutter und meinem Vater klar regelte."

„Wenn Sie so wollen", ergänzte Frederic Hinz, „hat das Kapital den Adel gekauft, dabei aber die Hand auf der Tasche behalten. Und damit sind wir beim letzten Teil der Geschichte."

„Mein Bruder war wohl doch nicht so abgebrüht, wie ich dachte", übernahm Charlotte das Schlusskapitel. „Irgendwann muss ihn sein Gewissen geplagt haben, dass er seine Tochter im Stich gelassen hatte. Er hat sich kurz vor seinem Unfall unserer Mutter anvertraut. Und die hat versprochen zu schweigen. Erst nach Vaters Tod hat sie uns ins Vertrauen gezogen. Erst da ist mir klargeworden, was meine Mutter für eine weitsichtige Frau war, die die Weltsicht und Attitüde meines Vaters mit einem Lächeln hingenommen hat. Trotzdem hatte sie beschlossen, der verstoßenen Tochter von Bernhard ihren Teil des Erbes zukommen zu lassen. Und wir sollten sie suchen."

„Aber wusste Bernhard nicht, dass seine Tochter Dörte heißt?" Pastor Harmsen sah Renate und Ilse Jensen fragend an. „Er war doch dabei, als die Mutter ihr den Namen gab. So hat es jedenfalls die Hebamme beschrieben."

„Er hat das wohl nicht hören wollen und deshalb vergessen. So etwas passiert." Klara hatte über solche Phänomene einiges gelesen.

„Wenn wir ihren Namen gewusst hätten, dann würde Dörte noch leben." Der Ton von Frederic Hinz klang resigniert. „Wir nehmen an, dass Henning schon länger den Plan hatte, seinen Cousin zu beseitigen. Aber sicher waren wir uns natürlich nicht. Wir hatten ja seit der Geschichte in England überhaupt keinen Kontakt mehr zu unserem Sohn. Er hatte die Verbindung förmlich abgebrochen. Er stand auf eigenen Füßen und ich weiß, wie schlecht er überall über uns geredet hat. Und dann meldete sich plötzlich meine Schwiegermutter mit der Nachricht, dass sie ihren anderen Enkel nicht mehr erreichen konnte, obwohl sich doch nach dem Tod meines Schwiegervaters das Verhältnis zwischen ihr und dem Sohn von Bernhard und Isabelle stark verbessert hatte. Als Henning verschollen blieb, schwante uns natürlich Böses."

„Und da haben Sie nicht die Polizei eingeschaltet?" Knut Schlieker klang vorwurfsvoll.

„Wir hatten eine Ahnung, aber keine Fakten. Was hätten wir denn sagen sollen: Hallo, unser Sohn ist verrückt. Vermutlich hat er seinen Cousin umgebracht. Wann und wo wissen wir aber nicht. Was hätten Sie mit so einer Aussage gemacht?"

„Sie vermutlich für verrückt gehalten", sagte Hauptkommissar Sven Krömer nachdenklich.

„Und dass Dörte in Gefahr war, haben wir erst realisiert, als es zu spät war." Charlotte Hinz hatte jetzt Tränen in den Augen. „Wir waren so nah dran. Und meine Mutter hatte mir versichert, dass niemand von Dörtes Existenz wüsste, schon gar nicht die beiden Jungen. Meine Mutter ist dann kurz vor Weihnachten nach langer Krankheit gestorben. Die Vorbereitung der

Beerdigung hat uns wahrscheinlich die Zeit gekostet, in der wir Dörtes Leben hätten retten können."

„Henning hat eine Kopie des Testamentes meiner Schwiegermutter von ihrem Notar erhalten. Sie hatte das so gewollt. Er muss aber bereits vorher davon erfahren haben, dass es eine weitere Erbin gibt. Wie er sie aber so schnell hat finden können, verstehe ich nicht." Frederic Hinz klang immer noch resigniert.

„Henning hat nicht gewusst, dass Dörte erben soll. Jedenfalls nicht, als er sie ermordete." Jetzt war es an Klara, einen Teil der Geschichte zu erzählen. Den Teil, den Henning ihr bei dem fast tödlichen Zusammenstoß offenbart hatte. Sie besaß nun die fehlenden Puzzlestücke, um das Gesamtbild komplett zu machen. „Ich glaube, Sie hatten keine Chance", sagte sie mit mitleidsvollem Blick auf Charlotte und Frederic Hinz. „Dörte war auf der Suche nach dem Vater ihres Kindes."

„Sie war schwanger?" Charlotte und Frederic Hinz blickten erstaunt. Damit hatten sie nicht gerechnet.

„Ja. Und sie kannte nur den Vornamen des Kindsvaters und seinen Wohnort. Also hat sie das Telefonbuch genommen und alle Hennings in Greifswald herausgesucht. Henning Tarnow hatte seinem Cousin von seiner Liebe zu einer Hiddenseerin erzählt. Hinz steht vor Tarnow im Telefonbuch. Und als Dörte den jungen Hinz fragt, ob er der Vater ihres Kindes sei, muss der nur eins und eins zusammenzählen. Eigentlich wollte er nur einen potenziellen Nachkommen seines Cousins samt Mutter loswerden. Und als er Sie...", Klara blickte zu Frederic Hinz, „...nachdem er von dem Testament erfahren hatte, auf der Insel sah, hat er nochmal kombiniert, und ihm war klar, dass Dörte auch die gesuchte Zwillingsschwester seines Cousins war."

„Genie und Wahnsinn liegen manchmal nah beieinander", kommentierte Schlieker.

„Er hat gesagt, Sie halten ihn für verrückt", bemerkte Klara in Richtung von Frederic Hinz.

„Ja, und meine große Schuld ist es, das erkannt und nichts getan zu haben. Ich habe den Jungen einfach laufen lassen und aufgegeben. Das Schlimmste, was ein Vater tun kann. Ich bin nicht besser als Bernhard, der seine Tochter verraten hat." Von einem Moment zum anderen verlor Frederic Hinz die Fassung. Verzweiflung und Schmerz mussten hinaus. Charlotte ging zu ihm und nahm ihn in den Arm. „Irgendwann sind Kinder erwachsen", sagte sie. „Du kannst nicht dein Leben lang verantwortlich für sie sein."

„Für mich ist der Fall klar", ergriff nun Sven Krömer das Wort.

„Für mich noch nicht!" Klara hatte noch Fragen. „Die Sache mit dem Schal. Henning muss doch gewusst haben, dass das Wappen wenigstens zu seiner Familie führen würde."

„Hybris, meine liebe Insel-Miss-Marple. Er ist davon ausgegangen, dass in Südfrankreich keiner einen Zusammenhang herstellt, ebenso wenig wie auf dieser Insel. Außerdem betrachtete er dieses Wappen als sein Markenzeichen."

„Eins noch", Klara ließ nicht locker. „Sie haben doch gesagt, dass die Rechtsmedizin keine Verwandtschaft zwischen Henning Hinz einerseits und Henning Tarnow und Dörte andererseits feststellen konnte. Ich dachte immer, es gäbe auch zwischen Cousins und Cousinen signifikante Hinweise auf eine Verwandtschaft."

„Clever, Miss Marple, clever", applaudierte Krömer und Pastor Harmsen stand vor Staunen der Mund offen.

„Gut, dann erzähle ich jetzt noch den letzten Teil unserer kleinen Familienchronik." Charlotte Hinz klang nun wie eine Frau, die ihre Vergangenheit klärte, indem sie sie erklärte. „Meine Eltern hatten das gleiche Problem wie Bernhard und Isabelle. Es wollte einfach kein Stammhalter kommen. Aber meine Eltern hatten Geld. Bernhard wurde offiziell, aber diskret adoptiert. Dass meine Mutter später doch noch schwanger wurde, überraschte vor allem meinen Vater. Und ich habe keine Ahnung, ob da nicht noch ein anderer Mann im Spiel war. Ist ja auch egal. Aber dass die beiden Cousins keine gemeinsamen Gene haben, erscheint mir bei dieser Gemengelage einigermaßen plausibel. Was für ein Leben", schrie sie plötzlich. „Ich brauche einen Whisky." Mittlerweile waren alle Anwesenden soweit, dass sie das Angebot annahmen.

Klara hatte längst begriffen, dass es offenbar zyklische Momente im Leben der Aristokratenfamilie gab. Charlotte und Frederic waren ihr in der letzten Stunde in ihrer Schwäche und Verletzlichkeit ans Herz gewachsen. Henning Hinz dagegen fand sie verabscheuungswürdig. Pastor Harmsen, dem sie das zugeraunt hatte, widersprach leise. „Klara, ich kann da niemanden verurteilen. Da sind Eltern, die glauben, versagt zu haben. Da sind Kinder, die glauben, betrogen worden zu sein. Da ist so viel unerfülltes Leben und so viel nicht erfüllte Erwartung. Das macht mich traurig. Aber so sind wir Menschen. Wir stehen wieder auf!"

Frederic Hinz hatte zugehört und nickte. Langsam löste sich die kleine Versammlung in der Mühle auf. Während des ganzen Gesprächs hatte niemand gewagt, nach Henning Hinz selbst zu fragen.

Henning Hinz war tot. Der Schlag mit dem Kantholz hatte gesessen und Henning war offenbar zusätzlich unglücklich mit dem Kopf auf einen großen Stein geprallt. Das war es dann. Hauptkommissar Krömer hatte davon abgesehen zu untersuchen, ob Frederic Hinz mit einem defensiveren Kampfmittel hätte Erfolg haben können. Er selbst glaubte das nicht.

Die Ärzte jedenfalls hatten noch in der Nacht den Hirntod des Patienten festgestellt und Frederic und Charlotte die Organe ihres Sohnes zum Spenden freigegeben. Henning Hinz war jung und Organe waren rar. „Vielleicht rettet er ja so ein paar Leben", kommentierte Pastor Harmsen lakonisch, als er und Klara bei Renate Jensen in der guten Stube saßen. Auch Inge Jensen war nach dem Besuch in der Mühle noch mit zum blauen Haus gekommen, in dem es sich gemütlich warm saß. Renate Jensen schenkte eine Runde Aquavit aus. „Auch noch?“, fragte Klara und schüttelte sich, denn es war gerade mal Mittag.

„Kind, ich brauch das jetzt.“ Renate und Inge Jensen kippten das edle Zeug in einem Zug, so als wollten sie damit auch die Geschichte der letzten Wochen für sich abschließen. Alle im Raum wussten, dass das nur eine symbolische Bedeutung hatte, denn die Trauerarbeit würde noch einige Zeit in Anspruch nehmen. „Was lässt Menschen so werden wie Henning Hinz?“ Renate Jensen schaute nachdenklich aus dem Fenster.

„Ach, Tante Renate.“ Klara war zu ihr gegangen und hatte sie in den Arm genommen. „Ich glaube, das bleibt ein Geheimnis.“

„Klara hat recht.“ Pastor Harmsen schaute ebenfalls aus dem Fenster. „Da hat niemand alleine Schuld. Das ist die Summe des Lebens. Aber offenbar hat es irgendwann bei ihm Klick gemacht und er sah sich in einer anderen Welt. Hybris hat Kommissar Krömer das genannt. Das Gefühl, über der Welt zu stehen und für die eigenen Ziele dann sogar morden zu dürfen.“

„Mir tut Frederic Hinz leid.“ Inge Jensen hatte sich noch einmal nachgegossen, dann aber nur an dem Glas genippt. Offenbar war es wirklich zu früh für einen zweiten Aquavit. Sie verzog angewidert die Mundwinkel.

„Ja, ein Kind zu verlieren ist schrecklich. Auch wenn es schon erwachsen ist. Die Reihenfolge stimmt einfach nicht.“ Renate Jensen hatte sich in ihren Sessel gesetzt und hielt immer noch ihr leeres Schnapsglas in den Händen. „Und das Gefühl, Dinge versäumt zu haben, wird immer bleiben. So geht mir das mit Dörte auch. Ich habe längst nicht alles richtig gemacht. Und dass ich nicht mehr mit ihr über die Schwangerschaft gesprochen habe, tut mir im Innersten weh." Sie seufzte. „Aber ich muss meinen Frieden damit machen. Das Leben geht ja weiter."

„Tante Renate, du bist eine Weise." Pastor Harmsen lächelte, als er aussprach, was alle dachten.

„Und in der Erinnerung wird Dörte bei mir sein. Klara, komm mal mit." Renate Jensen war aufgestanden und zog Klara an ihrem Ärmel mit sich vor das Haus.

Drei Monate später…

Die Sonne schien und es war angenehm warm. Für Mitte April eigentlich schon zu warm. Klara hatte ihre Jacke zu Hause gelassen und blickte hinaus aufs Meer. Die See war friedlich und es gab kaum Wellen. Kein Wind blies und nur die Möwen kreischten. In drei Tagen war Ostern, das Fest der Auferstehung. Der Chor würde singen und Pastor Harmsen hatte schon vor Tagen gesagt, dass er an der Predigt feile, weil er in diesem Jahr natürlich besondere Worte zur Bedeutung des Todes und der Perspektive danach suchte. Dörte war immer noch in den Köpfen der Menschen, und das war gut so. Erinnerungskultur nannte der Pastor das. Klara war mit ihm an diesem Gründonnerstag zum Tee verabredet und freute sich auf die Begegnung. Die Inselbücherei blieb über die Feiertage geschlossen. Hilde und Knut Schlieker hatten sich vorher noch mit Lesestoff eingedeckt und auch Hanne Schluck war gekommen, um endlich den Terry-Pratchett-Band abzuholen. Und die kleinen Leseratten mussten sich in den nächsten Tagen daheim tummeln. Momo hatte Pippi Langstrumpf in der Favoritenrolle der Lieblingsfiguren abgelöst, was der kleine Björn, der die Bücherei regelmäßig im Schlepptau der Mädchen besuchte, ziemlich ungerecht fand. Er wollte mal einen männlichen Helden feiern und hatte Karlsson vom Dach vorgeschlagen. Aber Lara, Lena, Emma und noch ein paar weitere Mädchen hatten sich durchgesetzt und wenn es Klaras Zeit erlaubte, las sie den Kindern einzelne Passagen vor aus der seltsamen Geschichte der grauen Zeit-Diebe und von dem Kind, das den Menschen die gestohlene Zeit zurückbrachte.

Zeit war ein faszinierendes Thema, fand Klara. Sie war vor ein paar Tagen dreiunddreißig geworden. Eine lustige Zahl. Jetzt war sie nur noch dreizehn Jahre jünger als Klaas Harmsen, wenigstens für ein halbes Jahr. Ob das etwas änderte? Wie sollte das Leben weitergehen? Sie waren sich im Winter näher gekommen und Klara hatte daran gedacht, dass sich sogar eine Liebesgeschichte zwischen ihnen entwickeln könne. Das dachte sie immer noch, aber die Sache kam nicht voran. Vielleicht sollte sie in die Offensive gehen, denn sie spürte, dass auch der Pastor nicht nur freundschaftliche Gefühle für sie hegte. Warum stehen sich Menschen so oft selbst im Weg? Dieser Gedanke war ihr in letzter Zeit oft gekommen, wenn sie den Fall Hinz, wie er auf der Insel nun genannt wurde, Revue passieren ließ. Vielleicht sollte sie Klaas Harmsen wirklich helfen, sich nicht selbst im Weg zu stehen. Vielleicht sollte sie ihn einfach mal küssen und schauen, was passierte. Sie musste über sich lachen. „Mann, Klara, du denkst wie ein Teenie", murmelte sie. Aber ihr Entschluss war gefasst, sie wollte mehr von Klaas Harmsen und sie musste das selbst in die Hand nehmen. In den Dünen sah sie Gräser, die saftig grün leuchteten. Das Leben kehrte in die Pflanzen zurück. Klara liebte diese Insel und sie liebte vermutlich auch den Pastor. Sie sprang auf und bestieg Dörtes rotes Fahrrad, das Tante Renate ihr im Winter überlassen hatte. Das Fahrrad trug sie schnell, die Seeluft füllte ihre Lungen und sie spürte das Leben in sich.

Zum Autor

Bisher ließ Christian Bauer Kommissar Robert Simarek in Deutschlands Südwesten nahe der Grenzen zu Frankreich und Luxemburg ermitteln: *Ein nackter Arsch*, *Ein dreckiger Sack* und *Zwei dicke Möpse*, erschienen im Gollenstein Verlag. Der vorliegende Band eröffnet eine neue Reihe mit Hobby-Kriminalistin Klara Klühs im Norden Deutschlands.

Als gelerntem Pfarrer sind Christian Bauer Mord und Totschlag nicht fremd, denn in der Bibel wird bereits nach fünf Minuten mit Kain der erste Mörder präsentiert. Auch als Redakteur des SR-Tatort mit Stellbrink und Marx hat er es mit bösen Buben und Mädels zu tun.

Außerdem kümmert er sich um deutschsprachige Nachwuchsfilmer und ihre ersten Gehversuche im Kino. Da Christian Bauer selbst über ausreichend Fantasie verfügt, schreibt er Krimis. Er platziert sie dort, wo er gerne lebt: im Saarland und im Urlaub auf Hiddensee.

Impressum

Die BuchMarke der O.E.M. GmbH, Saarbrücken
www.gollenstein.de

Umschlaggestaltung: Manuel Kuruneru unter Verwendung einer Zeichnung von Sabine Liersch
Satz: Jessica Gemmel
Schrift: Caslon
Papier: Werkdruck 90 g holzfrei
Druck und Bindung:
CPI – Clausen & Bosse, Leck

Printed in Germany

978-3-95633-039-1